KB019046

유기상과 함께

한번 더
높을 고창

유기상과 함께

한번 더
높을 고창

유 기 상 지음

상상출판

2장

고창을 빛낸 33인 군민의 목소리를 경청하다

군민이 군수다!

4. 나눔과 봉사·기부의 한반도 수도 고창! 아름다운 세상을 꿈꾸는 사람들

5. 각계각층 고창 단체의 목소리를 찾아서

3장
보도자료와 화보로 보는
군민 속으로 달려간 4년의 발자취

4장
새로운 고민
새로운 구상

한번 더 높을 고창

다시 치솟는 '한반도 첫 수도, 고창'

운칠복삼(運七福三) 인생

흔히 고스톱판은 운칠기삼이라 한다. 유기상 인생은 과분하게도 운칠복삼 인생이다. 돌아보면 행운과 축복 가운데서 덤으로 살아온 인생이었다. 인연 맺은 모든 분께 감사하면서, 다시 못 올 오늘 여기에서 매 순간을 별의 순간이라 여기면서 경건한 마음으로 '죽음을 기억하는 최선의 삶'을 살아야겠다.

주어진 모든 인연에 감사할 따름이다. 우주에서 가장 축복받은 땅, 내 고향 고창에서 태어났다. 세상에서 가장 부지런하고 착하게 사시면서 자식 사랑은 가이없으셨던 부모님을 만난 것은 다시없는 축복이다. 고졸 9급으로 시작한 공직 생활도 7급 공채, 행정고시를 거쳐서 고위공무원까지 모두 해본 것도, 중앙정부·광역 지방정부· 기초 지방정부를 두루 거쳐 본 것도 고향 군수 일을 하는 데는 꼭 필요하고 소중한 자산이다.

내가 선택하고 추진하는 일마다 대한민국 행정 성공사례가 되었으니 분에 넘치는 축복이다. 전주시, 전라북도에서 추진했던 전주 한옥마을, 전주국제영화제, 전주세계소리축제, 전주 월드컵대회, 전주 생태하천 조성사업 등은 각 분야의 대표적 성공행정 사례로 화제다. 익산시 부시장 시절에 중점사업으로 추진한 익산 농산물통합브랜드 탑마루의 시장 정착, 익산 백제 역사유적지구 세계문화유산 등재 등 성공 경험 축적은 오늘 고창에서 자신 있게 매진하는 농생명 문화 살리기 운동의 소중한 밑거름이다. 운칠복삼 유기상 인생살이 고창군수 하기 딱 좋은 경험들만 쌓아왔구나 ! 감사 감사해야지.

위대한 군민의 선거혁명과 민선 7기

가녀린 몸으로 땔감 나무 장사를 해서 자식을 공부시키신 어머님의 간절한 소원은 아들이 군수가 되어 고창을 잘 살게 하는 일이었다. 어머님의 소원을 가슴에 안고, 공식 성공사례 노하우를 바탕으로 고향에서 마지막 열정을 불태우자는 염원으로 2014년 고창군수 선거에 과감하게 나섰다. 한국 농업정책의 소중한 인적자산인 정학수(전 농식품부 차관) 선배님이 농도인 고창군수로는 저보다 더 적임이라는 판단에서 후보 단일화를 통해 양보하고 정학수 차관의 선대위원장으로 뛰었으나 아쉽게도 이루지 못했다.

낙선 후 4년 동안 밤낮없이 발품을 팔고 비가 오나 눈이 오나 군민들의 목소리를 경청했다. 돈도 없고 조직도 없고 세력도 없고 당도 시원찮은데, 오직 다시 한번 한반도 수도를 만들고픈 가슴 뛰는 열정과 12켤레의 운동화, 15권의 수첩이 밑천 전부였다. 믿는 것이 있기 때문이다. 내 고향 고창은 자랑스러운 동학농민혁명의 후예, 국가 위기 때마다 떨쳐 일어났던 구국 의병의 고장 의향 고창이 아니던가?

2018년 613선거에서 위대한 군민들께서 과연 선거혁명을 해주셨다. 민선 군수 최초로 돈도 없고 세력도 패거리도 없는 유기상에게 위대한 군민들께서 민선 7기 군수를 맡기셨다. 고창군을 군민의 눈높이에서 새롭게 재편하라는 군민들의 역사적 명령이었다. 비록 돈과 정당과 토호세력이 없더라도, 오늘 우리를 살게 해주신 어머니의 간절한 기도를 기억하는 효자군수, 애향심과 열정, 꿈과 도전정신만 있으면 고창군민 누구나 군수가 될 수 있는 서민군수 시대를 활짝 열어주신 것이다. 방장산 나무꾼도 군수가 되는 고창, 「군민이 군수」인 위대한 대한민국 고창 시대가 마침내 열린 것이다.

다시 일어선 동학농민군, 고창 선거의병들이 새로운 세상을 열었다. 농민군수, 서민군수, 효자군수는 이 시대 고창의 시대정신이다. 운칠복삼 유기상은 다시 한번 운 좋게도 다시 치솟는 한반도 첫 수도 고창의 초대 상머슴 청지기가 되었을 뿐이다.

말한 대로 이루어지는 민선 7기 유기상 군정

운칠복삼[運七福三] 유기상 군수가 책임진 민선 7기는 군민들, 재외군민, 향우 공직자, 군의회, 도의원, 고창 출신 국회의원 등 모두가 가열찬 응원과 울력을 해주신 덕분에, 계획대로 성공적인 성과도 나오고, 묵은 숙제들도 말끔히 해결된다. 날마다 좋아지는 고창에 참으로 감사드린다.

문명의 전환기인 민선 7기 유기상 군정은 고창의 백년대계, 천년 고창의 기틀을 마련하라는 역사적 사명을 띠었다. 우선 세상에서 가장 살기 좋고 역사문화 자원이 많은 고창의 가치를 제대로 드러내자. 그리하여 군민들께서 자긍심을 갖고 살게만 된다면, 어마어마한 고창의 잠재능력이 나타날 것이다. 그런 생각 끝에 지방정부의 깃발로는 새로운 시도지만, 비전과 전략이 분명하면서도 다른 지방과 차별화하는 것이 좋겠다는 생각에서 「농생명문화 살려 다시 치솟는 한반도 첫 수도 고창」이란 거창한 표어를 내걸었다. '농민군수', '효자군수', '서민군수'라는 구호로 고창의 주력산업인 농생명 식품 산업을 살리는 군정, 어르신을 내 부모님처럼 잘 모시는 촘촘한 복지 행정, 방장산 나무꾼 출신 군수답게 항상 가장 낮은 자세로 어려운 군민들 편에 서는 군수가 되자고 다짐했다. 참여하고 소통하는 울력 행정으로 군민이 함께 손잡고, 자리이타 정신으로 나도 좋고 너도 좋고 고창도 좋은 일을 함께하자는 '나눔과 봉사와 기부의 한반도 수도' 운동, '자랑스러운 고창군민' 운동도 함께 시작했다.

민선7기 3년 반을 결산해 보면, 우리 군민들께서 다시 한반도 수도를 만드는 별의 순간을 잡고 울력해오신 결과 놀라운 성과를 만들어 내셨다. 고창갯벌의 세계자연유산 등재를 통해 고창군은 유네스코 세계유산 5관왕이 되었다. 유럽연합이 선정한 지속 가능한 세계 100대 관광지, 유엔세계관광기구(UNWTO)가 뽑은 최우수 관광마을이 되었다. 과연 한반도의 생태문화관광수도 고창이 아니겠는가?

과연 농생명식품 수도 고창이 되었다. 고창군 행정기구의 수석 과와 수석 국이 농생명식품 부서로 바뀌었다. 농업의 공익적 가치를 존중하는 제대로 된 농민수당 제도를 처음 만들어 시행했다. 동서남북 네 개의 농기계센터에서 농기계를 배달하는 시스템을 갖추어 농민 위주의 행정으로 확 바꿨다. 「높을고창」 통합브랜드를 성공적으로 시장에 안착시켜, 멜론은 최고 경매가 275만 원에 팔기도 하고, 높을고창 쌀은 전설적인 쌀 브랜드의 지존이던 경기미를 제쳤다. 농식품부가 농업과 기업의 상생협력 성공사례로 뽑은 전국의 9개 중에 고창군이 3개를 차지했다. 매일유업 상하농원, 국순당 복분자, 블랙보리가 바로 그것이다.

과연 기업하기 좋은 도시 고창, 서민들의 제일 숙원인 일자리를 만들어 함께 살리고 함께 잘 사는 상생경제도시 고창이 되었다.

대한 상공회의소가 뽑은 기업하기 좋은 도시 전북 1위, 전국 5위가 되었다. 전북도 일자리 정책평가에서 3년 연속 최우수, 우수상을 받았다. 부안면 복분자 농공단지에는 기업이 가득 채워졌다. 풀밭으로 버려져 오랫동안 군민들 애태우던 고수 산업단지도 마침내 기업이 들어와 생산시설과 체육 복지시설을 짓고 일자리를 만들기 시작했다.

과연 위대한 군민들의 저력이 나눔과 봉사와 기부의 한반도 수도 고창을 만드셨다. 해마다 사랑의 모금 운동 우수 시군이 되었다. 2017년 이전 10년 동안 장학금 모금액이 6천3백만 원이던 것이, 자식 농사 잘 짓는 사람 키우는 고창을 만들자는 군민들의 정성이 이어져서, 민선 7기 3년 반 동안 8억 원이 넘는 장학금 기부가 이루어졌다. 전봉준 장군 동상 건립 모금에서 4만 8천여 명의 군민들이 참여하는 놀라운 기적을 보여주신 위대한 고창군민이다.

과연 묵은 숙제를 잘 해결하는 고창군이 되었다. 30년 숙원인 부창대교를 부안군과 울력하며 이야기와 그림이 연상되는 노을대교로 이름도 바꾸고, 접근 방법도 새롭게 하여 드디어 국가계획에 반영했다. 농민들의 걱정거리 황토배기 유통도 뼈를 깎는 혁신을 통해 13년 만에 실질적인 흑자결산을 하고, 회생의 싹을 살렸다. 20여 년 아산면 매립장에 쌓아놓은 쓰레기를 처리하기 위한 아산 소각장 건설도 공론화를 통한 아름다운 합의를 통해 잘 지어서 가동 중이다. 나아가 쓰레기를 줄이고 자원을 100% 재활용하자는 자원 순환형 사회로 전환하는 교과서 같은 고창군이 되기로 함께 선언하였다.

과연 동학농민혁명의 발상지 고창이 되었다. 참으로 늦었지만, 고창 무장기포의 역사적 사실이 126년 만에야 고교 한국사 교과서 8종에 실렸다. 이제야 전봉준 장군 생가터와 공음 구수내 무장봉기지가 도 지정, 국가 지정 문화재가 되었다. 국가 예산으로 동학농민혁명 유적지를 정비하고 동학 정신을 선양할 수 있게 되었다.

과연 효자 군정이 되었다. 좁은 경로당에서 지내시는 어르신들의 건강을 위해 모든 경로당에 공기청정기와 전자안마기를 놓아드렸다. 80세 이상 어르신들의 이미용비 지원, 100세 어르신 장수잔치, 노인 일자리 사업, 경로 복지 주택건설, 코로나 예방과 백신 접종 과정에서도 읍면장들이 솔선하여 돌봄 서비스 제공 등으로 효자군정 노인복지 행정이 기틀을 잡아가고 있다.

하늘은 스스로 돕는 고창군을 돕는다

운이 좋은 군수가 맡은 민선 7기는 나눔과 봉사를 함께하는 군민들이 함께 울력하는 군정이 시작되었다. 그러자 고창이 한반도 수도로 다시 치솟는 좋은 경사들이 줄지어 나타난다. 군민들의 열정에 감동하여 과연 하늘이 고창군을 돕기 시작한 것이다. 2018년 무장읍성 복원 과정에서 오랫동안 묻혀있던 보물「비격진천뢰」가 11점이나 드러나면서 문화재청장님이 현장에 달려오고, 무장읍성 완전 복원의 촉매제가 되었다. 판소리의 발상지 동리정사의 재현이 가시화되면서 100여 년 동안 행방을 알 수 없었던 동리 신재효 판소리 필사본 완질 청계본이 발견되어 소장 집안에서 고창군 박물관에 맡기셨다. 조선 후기 생활사의 보물단지라 불리는 이재 황윤석 선생의 「이재난고」도 후손의 기증으로 2021년 고향으로 온전히 돌아왔다. 조선시대 삽화의 걸작으로 꼽히는 「선운사 석씨원류 목판본」도 도난사고 40여 년 만에 고창으로 돌아온다. 함께 꿈꾸고 함께 울력하면 꼭 이루어진다는 것을 하늘이 고창 군민들께 보여주신다고 생각하며 감사할 따름이다.

다시 한번, 하늘이 감동할 수 있도록 군민들 기뻐하실 일을 지성으로 계속하겠나이다.

다시 한번, 뜨거운 가슴으로 고창을

20여 년 방장산 정기 받고 칠산바다 호연지기를 배우며
고향산천에서 나고 자랐다.
40여 년 고창, 전주, 전북, 서울, 해외를 오가며 종합행정을 배우고 익혔다.
민선7기 4년 60년 내공과 뜨거운 열정으로 신나게 일했다.
다시 새로운 출발점에 서서 가슴이 뛴다.
한반도 첫 수도 고창, 고지가 바로 저긴데……

단기 4355(서기 2022)년 새해 아침
방장산 아랫마을
운중반월(雲中半月) 탯자리에서
유기상 삼가 씀

1

고창을 확 바꿨습니다
'바꿔야 바뀐다'는 약속을 지킵니다

한1 과연 한반도 첫 수도
고창이어라

　고창군민이 뽑은 '2021년 고창 10대 뉴스'를 보면 과연 고창이 다시 치솟는
한반도 수도임을 자부하는 자랑거리가 가득하다. 1위는 '30년 군민 숙원 해결,
노을대교 국가계획 반영'이 차지했다. 2021년 9월 국토교통부가 확정한 '제5차
국도·국지도 5개년 계획'에 반영된 노을대교는 30년 고창군민의 숙원사업이자
역대급 최대 규모 국비 사업으로 자랑스러운 고창군민이 손잡고 울력하여 이뤄
낸 쾌거다. 부창대교는 20여 년 전에 정책 의제화되었고, 2012년 필자가 전북도
기획관리실장 재직 시 김완주 지사께서 정운천 의원의 도움으로 박근혜 대통령
공약에 포함했으나 추진되지 못했다. 2018년 유기상 군수 후보 공약집에 고창
백 년 도약 관광산업 기반을 위한 군민 대안 제시로 부창대교, 서해안철도, 고리

　　　　　　　　　　　　　　　　　　　　1장 | 고창을 확 바꿨습니다.

포 다리를 제시한 이후 본격 추진하기 시작한다. 그간 반대하던 부안군이 함께 울력하면서 탄력이 붙었다. 기존 부창대교로 부르던 것을 노을대교로 바꿔 단순한 교량이 아닌 관광랜드마크로 새로운 전략을 짰다. 전북도와 전북연구원과 협조하여 경제성이 높지 않던 통행 측면에 관광과 물류 기능을 더했다. 특히 부족한 경제성을 확보하기 위해 저비용 공법으로 조정하는 등 공사비 최소화, 연계수요 확보 방안 등 대응을 통해 경제성 상향을 위해 혼신의 노력을 다했다. 또 때맞춰 서남권풍력발전단지 조성사업, 고창일반산업단지 기업입주, 고창갯벌 세계자연유산 등재 등이 호재로 작용하며 정부를 설득했다. 이 일을 맡은 전북연구원 도로철도 전문가인 김상엽 박사가 마침 고창 상면 출신이라 애향심이 넘쳤다.

국토교통부·기획재정부 문턱을 닳도록 찾아가 설득한 끝에 2019년 상위계획인 '제5차 국토종합계획'에 "환황해권 교류거점으로 도약을 위한 글로벌 공공기반 확충"으로 국도 77호선의 부안 고창 등 주요 국도 건설을 반영시키는 성과를 거뒀다. 2019년 말 때마침 국회 기획재정위원이던 유성엽 국회의원이 정부의 포괄 예비타당성 사업에 노을대교를 포함하면서 정부의 공식 의제가 된 것이다. 군민 서명운동, 대정부 건의 등에 부안군의 적극 협조와 경제성의 확보가 진행되면서, 유기상 군수는 송하진 도지사, 국토위 김윤덕 의원, 윤준병 의원 등과 공조하면서, 긴장을 늦추지 않고 정세균 전 국무총리, 이낙연 전 민주당 대표 면담과 현장 방문, 정운천 의원의 유관 기관과 현장 방문, 진선미 국토위원장, 노형욱 국토부 장관 면담 등을 통해 정부와 국회, 여야정치권의 협조를 끌어내 마침내 국가계획에 반영한 것이다.

1장 | 고창을 확 바꿨습니다.

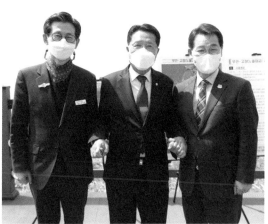

이낙연 전 민주당 대표 면담과
현장 방문, 정세균 전 국무총리,
진선미 국토위원장,
노형욱 국토부 장관 면담 등을 통해
정부와 국회의 협조를 끌어내
마침내 노을대교를
국가계획에 반영했다.

고창군은 부안군과 상생협약을 맺어, 조기착공과 주변환경과의 조화, 디자인, 비용 절감, 조속 추진 등을 위해 설계·시공 일체의 일괄수주방식(턴키)으로 추진하여 아름답고 화제성이 있는 서해안 관광의 랜드마크를 만들도록 군민 아이디어를 공모하여 정부에 지속해서 건의할 방침이다. 노을대교가 완공되면 고창은 태안반도와 새만금, 변산반도 국립공원, 전남 무안·목포까지 이어지는 서해안권 초광역 관광권역의 한 중심으로 그 위상과 역할이 확대될 전망이다.

이어 2위는 '고창갯벌 세계자연유산 등재, 유네스코 주요 프로그램 석권'을 뽑았다. 고창군은 고창갯벌이 포함된 '한국의 갯벌'이 세계유산으로 등재됨에 따라 자연유산(고창 갯벌), 문화유산(고창 지석묘), 인류무형문화유산(농악, 판소리)을 비롯해 유네스코 생물권보전지역(고창군 전역)까지 모두 보유한 진정한 '유네스코 세계유산도시'로 인정받게 됐다. 내년에는 또다시 세계지질공원 등재가 예상된다.

이어 ▲고창 농특산품 통합브랜드 '높을고창' 대한민국 대표브랜드 대상 ▲고창군 '농민공익수당' 3년 차, 어가·양봉 농가 포함 60만 원 지급 ▲고창 복분자·식초산업 특구 지정 ▲고창 운곡습지·고인돌유적, 세계 100대 관광지 선정 ▲동서남북 15분 내 농기계 배달 실현 ▲마한왕릉 출토 금동신발, 국가보물지정 ▲

'고창군-지역농업인, 2050 탄소중립 선언' ▲전북 일자리 평가 3년 연속 수상(취업하기 참 좋은 일자리 도시 고창군)도 올해의 10대 뉴스에 이름을 올렸다.

이밖에 ▲고창 주차문제 해결, 고창주차타워 완성 ▲고창군민, '삶 만족도' 전북에서 제일 높았다(행복도시 고창) ▲고창멜론 신기록 경신 등도 군민들의 큰 관심을 받았다.

30년 고창군민의 한으로 남았던 노을대교가 마침내 국가계획에 반영돼 서해안관광시대 랜드마크의 기대감을 높였으며, 고창갯벌이 유네스코 세계자연유산에 등재됨에 따라 세계문화유산 3관왕의 위업을 달성했고, 고인돌·운곡습지 마을이 세계관광기구가 선정한 최우수 관광마을에 선정되는 쾌거를 거뒀다. 한반도 첫 수도 고창은 이제 국제 기준으로 보더라도 생태관광, 문화관광의 수준급 도시임이 입증된 것이다.

다시 한번 농생명식품산업 수도로
높을 고창 쌀이 경기미를 이겨 먹다

고창의 잠재자원 중 가장 경쟁력 있는 분야가 농업과 문화관광이다. 이 두 가지를 버무려 농생명문화 살리기를 군정 비전전략으로 삼았다. 도산리 천제단 고인돌(이른바 탁자식)은 추수감사제를 지낸 제단이고, 이것은 한반도 농업의 시작을 상징하는 농경유적이다. 농생명을 문화화 하기 위해 시농대제와 농촌영화제를 시작했다. 농생명수도 고창의 브랜드 이미지 작업이다.

농업의 공익적 가치를 존중하는 뜻을 담은 농민헌법 개정이 절실하나 실현은 멀기만 하다. 그래서 고창군이 먼저 시작했다. 2019년 전북 최초로 시작한 농민공익수당이 3년 차에 들어서면서 어가와 양봉 농가까지 포함하며 농·어촌을 살리는 정책으로 주목받고 있다. 2021년 농민공익수당은 1만260여 농가에 60만 원씩 고창사랑 상품권으로 지급했다. 총 지급 규모는 61억여 원에 달했다. 추석 전 지급을 완료해 주민들이 명절 장보기 등에 사용하면서 코로나19로 위축된 지역경제에 활력이 돌았다. 농민수당이 농민들뿐만 아니라 소상공인, 전통시장, 요식업소 등 모두가 함께 상생하는 상생경제 제도가 된 것이다.

새로운 먹을거리로 글로벌시장을 겨냥한 식초문화의 한반도 수도, 세계 4대 식초도시를 향한 식초 전문가 인재양성, 복분자 발사믹 식초의 표준 선점, 군민

1장 | 고창을 확 바꿨습니다.

식초건강법 교육 등 준비가 착착 진행된다. 중소벤처기업부가 '복분자·식초산업 특구'를 지정해 식초산업육성을 위한 각종 지원은 물론, 관련 특허의 우선심사 등 규제 특례 혜택까지 받게 됐다.

이에 더해 고창군의 농특산품(수박, 멜론, 친환경쌀, 건고추)은 '높을고창' 이름으로 전국의 소비자들과 만나고 있다. 한반도 첫 수도의 높은 위상과 높은 가격, 높은 품질, 높은 신뢰도, 높은 당도 등 고품질 명품브랜드로 자리 잡았다. 수박에 이어 멜론은 최고명성을 획득하였고, 온라인 경매에서 멜론 두 개에 무려 275만 원에 낙찰되었다. 높을 고창 쌀값이 전설의 경기미를 이겨 먹기 시작했다. 쌀을 1kg에 3,000원에 팔면 농산품으로 판 것이다. 55,000원에도 8,000원에도 팔 수 있다는 건 브랜드 상품화, 문화상품화가 시작된 셈이다. 친환경 쌀은 이마트, 신세계백화점, CJ the market 등을 통해 경기미보다도 비싼 값에 고창쌀이 팔리면서 프리미엄급 고급 농산물 이미지를 만들었다. 건고추 역시 롯데백화점에서 1근에 3만 원 이상씩 높은 가격에 팔리며 김장김치에 사용하는 최고의 고추로 명성을 높이고 있다.

농업행정 서비스를 농민 위주로 개편했다. 공직자가 힘들어도 농민들 편의 위주로 개편한 농기계 배달서비스는 연속 최우수 평가를 받았고 동서남북 네 개의 임대사업소로 확대하였다. 이에 더해 고창군이 트랙터 등 농기계를 마을 앞까지 안전하게 배달해 주면서 안전사고 등 농민 불편이 크게 줄었다. 농민들은 이틀 전 농기계임대사업소를 방문하거나, 전화로 필요한 농기계를 예약하면 전문가들이 전문 운송 차량을 이용해 마을회관까지 배달해 준다.

도3 나눔과 봉사와 기부의 한반도 수도 고창

　우리 고창은 함께 나누고 사는 노나메기 문화와 나눔과 기부가 생활화된 땅이다. 흉년에 양식을 나눈 동리 신재효의 선행, 상하면의 강선달 저수지의 베풂, 기생 강선의 흥덕 부안 간 석교 다리 놓기 공덕 등 곳곳에 미담이 즐비하다. 이러한 전통을 살려 나눔과 봉사, 기부의 한반도 수도 만들기 군민운동을 하면서 군청 현관에 나눔에 앞장서신 자랑스러운 군민들을 기리는 명예의 전당과 장애인 일자리인 아띠다방을 만들었다. 기독교, 불교, 원불교, 천주교 등 4대 종단 종교지도자들과 함께 나눔과 봉사 기부 운동을 함께 하고 있다.

　명예의 전당은 이웃돕기, 자원봉사, 생명나눔(헌혈), 문화예술 분야로, 소중한 생명나눔을 위해 63회 헌혈을 한 퇴직 공직자를 비롯해 지역사회 다양한 봉사활동으로 수백 시간의 봉사시간을 달성한 우수봉사단체, 매년 꾸준한 기부와 지역 인재양성지원 등 다각적인 사회활동을 전개하고 있는 이웃돕기 우수기업 대표자, 고창군 지역에 거주하는 유일한 국가무형문화재 보유자와 잃어버린 줄 알았던 문화재를 선친의 유품으로 소중히 간직하다 맡긴 주민 등 아름다운 이야기가 가득하다. 나눔과 봉사 기부가 활성화되면서 군민들의 자존감과 자긍심이 높아지면서, 도내 시군 중 자살률이 최고에서 최저로 뚝 떨어졌다. 군민 의식의 놀라운 변화로 보이지 않는 고창의 가장 큰 저력이 회복된 것이다.

세계 속의 치유문화관광의 수도 고창

문화예술 관광진흥을 중장기적 관점에서 지속 추진할 기관으로 문화관광재단 설립, 고창의 정체성과 고창다움을 찾는 고창학의 정립, 역사문화 콘텐츠의 관광자원화, 동학농민혁명 유적의 성지화, 생태관광자원의 정비, 스포츠마케팅 등을 중점 추진하였다.

문화치유의 한반도 수도라는 주제로, '법정 문화도시'를 향해 도전하여 예비 문화도시가 되었고, 올해는 대한민국 대표 치유문화도시('고창의 문화, 어머니 약속이 되다')를 향한 본격적인 활동이 펼쳐진다. 문화관광재단이 주축이 된 민간에선 지역문화 활성화의 기반이 될 인적자원의 체계적 양성과 창의적 활동을 지원한다.

올봄에는 군 전체 지역이 유채꽃밭으로 치장해 농촌관광의 새로운 지평이 열린다. 무장읍성, 모양성, 선운사, 청보리밭과 14개 읍면 유채꽃밭을 연결해 많은 관광객이 오래 머물다 가는 고창관광으로 고창 관굉의 새로운 변화가 시작된다.

수5 또 한 번 효자군수

 늘 우리를 이만큼 누리게 해주신 부모님들의 노후를 잘 모시는 게 복지의 기본이라는 생각에서 효자군수를 다짐했다. 이제 스스럼없이 어르신들께서 효자군수라 부르신다. '효자군수'를 비롯하여 효자 공직자들은 코로나19로 자식들을 만날 수 없는 상황에서 지역 어르신들을 챙기는 데 각별히 신경을 썼다. 특히 코로나19 신속항원 진단검사키트 선제적 도입은 물론, 백신접종 과정에서도 집 앞까지 모시러 가는 차량모심, 따뜻한 안부 전화 등으로 어르신들을 살뜰히 챙기며 곳곳에서 칭찬이 이어지고 있다.

 이외에도 고창군은 '즐겁고 살맛 나는 노후, 배려의 고창군정'을 목표로 다양한 경로사업을 펼치고 있다. 주요 사업으론 ▲이·미용비 지원사업(5776명) ▲

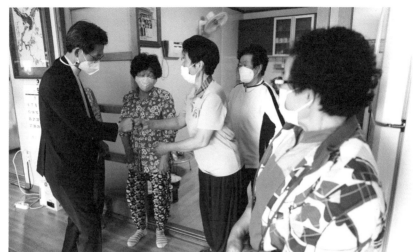

100세 어르신 만수무강 축하잔치사업(21명) ▲독거노인 응급안전 안심 서비스 지원(148명) ▲무료급식 지원사업(150명) ▲거동불편자 보행보조기 지원(247명) ▲무장 고라자연장지 조성사업(37억) ▲고령자 복지주택건립사업(176억) 등이다. 특히 코로나19로 경제적 어려움을 겪고 있는 취약계층을 위해 저소득층 한시 생활비 지원, 공익형 노인 일자리 인건비 선지급, 공익형 노인 일자리 인센티브 지급 등을 지원해 코로나19 장기화로 경제적 여건이 취약한 저소득층의 생활 안정과 지역상권에 활력을 불어넣는 계기가 됐다.

도6 그래도 서민군수

　서민군수 유기상 군정의 군정철학 사자성어는 평이근민(平易近民)이다. "그 옛날 고창읍성 동헌 현판도 평근당(平近堂)으로 군민의 눈높이에서 군민을 섬기는 행정으로 더 친근하게 군민 속으로 들어가 군민과 울력하겠다는 마음을 담았다"라며, 선거운동 당시 "유기상 군민 속으로"라는 슬로건도 평근당에서 착안한 것이다. 항상 초심을 지키며 운동화 끈을 단단히 매고 '높을 고창'을 향해 오직 군민만 바라보면서, 군민들과 손잡고 늘 현장에서 군민과 함께할 작정이다.

　서민 군수가 받는 최대의 민원은 일자리 취직 민원이다. 지방 소멸을 완화하기 위해서도 취업하기 참 좋은 일자리 도시, 기업 경영하기 좋은 고창을 만드는 게 과제다. 고창군은 도 일자리 정책평가에서 3년(2021~2020년 최우수, 2019년

우수상) 연속 수상했다. 실제 군은 지난해 코로나19 위기 상황에서도 16개 기업을 유치해 전체 투자금액 2,522억 원에 1,428명의 고용창출 성과를 거뒀다. 특히 지난해 말 대한상공회의소가 전국 228개 지자체의 지역 소재 기업 6,000여 개를 대상으로 한 입주기업 체감만족도 조사에서 고창군은 전북 1위, 전국 5위로 '기업하기 좋은 도시'로 명성을 공고히 했다.

로컬잡센터와 고용정보센터를 유치하여 맞춤형 '안정적인 일자리 제공'의 효과는 컸다. 개개인의 소득향상과 지역경제 활성화로 이어지며 자연스럽게 주민 삶의 질도 높아졌다. '2020년 전북 사회조사'에서 고창군민의 '삶 만족도'는 6.9점(10점 만점)으로 도내 14개 시·군 중에서 가장 높았고, 전북 평균(6.2점)보다도 0.7점이 높았다.

여기에 발효식품의 끝판왕이라 불리는 '식초'를 테마로 한 기업유치·일자리창출도 주목받고 있다. 2019년 세계 4대 식초도시를 비전으로 식초문화도시 선포 당시 4개에 불과했던 복분자 발사믹 식초 제조업체는 지난해 9개 업체로 늘었고, 전체매출도 8,900만 원에서 3억7,500만 원으로 급성장추세다.

밀린 설거지 숙제를 다 해내다

30년 고창군민의 숙제이던 노을대교가 마침내 국가계획에 반영되어 시작되었다. 덤으로 상하-해리 사이 5.8㎞ 구간의 시설개량사업(총사업비 409억 원 상당)도 포함되는 쾌거를 거뒀다.

고창군의 3대 현안사업 숙제 중 하나로 농민들의 원성을 샀던 '고창황토배기 유통'도 농협 조합장들과 율력하여 뼈를 깎는 개혁의 결과 회생하기 시작했다. 설립 13년 만에 처음으로 2020 회계연도에 8,600만 원 흑자로 결산한 데 이어 2021년도에는 1억 5,000만원의 매출이익을 달성하였고, 앞으로 5년 정도만 내실 있는 경영을 지속하면 농민들께 효도하는 농산물유통회사로 성장할 전망이다. 지난해 황토배기 유통은 수박, 홍고추, 고구마(수탁사업), 절임배추 등으로

이어지는 '연중가동 판매시스템'을 안정적으로 정착시켰다. 이에 더해 군과 함께 농특산품 드라이브스루를 진행해 지역의 우수한 농특산품 판매에 앞장서면서 군민과 함께하는 전문유통회사로서 이미지를 되찾았다.

아산 쓰레기소각장 가동으로 20여 년 쌓아 둔 매립 쓰레기처리 숙제도 해결했다. 소각장을 반대하는 아산면 주민들의 대승적인 협조와 공론화 과정 합의를 통해 자원순환사회로 가는 정책조례까지 만들게 되었다. 쓰레기 없는 고창, 모든 자원의 재활용 모델 도시 고창을 목표로 2022년 시무식을 지속가능한 고창을 지키는 환경보호단체들과 함께 자원순화사회 선포식으로 치렀다.

풀밭으로 버려진 고수 일반산업단지의 유치권을 해결하고, 산업단지로 되살려내서 드디어 기업유치가 시작되었다. 당초 기업유치를 통한 일자리 창출과 지역경제 살리기 목적으로 2천여 명의 고용창출을 기대하였으나, 준공예정이던 2014년 준공을 못 하고 시공사와의 법적 분쟁에 휘말려 오랫동안 군민들을 애타게 했다.

2019년 유치권 해소를 계기로 기업유치가 시작되어 생산시설과 체육복지시설, 인근에 주택용지와 임대아파트 등도 짓기 시작하였다. 닭고기 등 가금류 가공 및 저장처리업인 동우팜투테이블 유치를 둘러싸고 환경을 걱정하시는 일부 군민들의 목소리도 잘 경청하고자 한다. 어떤 경우에도 지속가능한 고창이어야 하고, 지속가능한 개발목표를 준수하는 범위 내의 지역개발, 기업유치여야만 한다는 생각에는 모두가 공감하기 때문이다.

다시 열린 고창 바다,
부활하는 해상왕국 마한 모로비리국

　삼면이 바다인 우리나라는 바다를 경영할 때 국운이 왕성했다. 해양을 중심으로 한국사를 읽으면 한국의 역사는 열 배는 위대해지고 국력도 열 배 이상 커질 것이다. 아산 봉덕리 모로비리국 마한왕릉에서 출토된 청자, 도자 등 유물은 일찍이 마한시대 4-5세기경에도 한중일 교역의 중심지가 고창임을 웅변한다. 칠산 앞바다 왕등도가 마한 왕이 오르셨다는 설화가 사실을 보충한다.

　위대한 해상국가 마한의 기상을 되찾기 위해, 한반도 첫 수도의 무대였던 마한왕릉인 봉덕리, 칠암리 고분, 태봉산의 마한토성 등 마한 역사유적지구를 세계문화유산으로 지정하는 과제에 다시 도전해야 한다.

　일찍이 동아시아 지중해였던 고창 앞바다를 부활하는 것이 다시 고창의 한반도 수도 만들기의 필요충분요건이다. 그런 뜻에서 역대 군수 중 처음으로 고창 앞바다 권리 찾기 해상자치권확보를 공약했다. 이어서 바지락 농사의 씨앗인 종패를 스스로 만들자는 바지락 1번지, 지주식 김 등 수산물 브랜드화, 동호항, 외죽도 등 바닷가 자원활용 관광수산종합개발 등을 공약했다.

　고창 앞바다가 해도에 막혀있다는 사실이 '한국해상풍력㈜'이 고창군 구시포와 부안군 위도 앞바다 사이에 해상풍력단지와 관련한 각종 인허가 과정에서 불

거졌다. 구시포 앞바다가 모두 부안군 담당이라고 하여, 해상풍력 관련 권한과 수익이 부안군에 귀속되는 것에 불복하고 헌법재판을 통해 닫혀있던 고창 앞바다의 해상주권을 되찾았다. 헌법재판소는 '부안군의 공유수면 점용·사용 부과처분 중 고창군의 실질적 관할 권한에 속하는 부분은 모두 무효'라고 확인하며, 구시포 앞바다에 대한 고창군의 입장을 대부분 수용했다.

고창 바지락은 전국 생산량의 절반 가까이 차지할 정도로 주력 생산품인데도 새끼조개를 사다 넣어야 하는 안타까운 일이 반복된다. 고창바지락은 최근 새만금 담수화와 충남지역 해적생물 증가 등 해양 환경변화 등으로 국내산 바지락 종자 수급이 불안한 상태였다. 이를 해결코자 도전하여 전국 최초로 바지락 종자를 대량으로 생산할 수 있는 최첨단 시설을 갖추고자 한다.

2021년도 해양수산부의 '친환경양식어업육성'사업의 하나인 '바지락 종자 대량생산시설 건립사업' 공모에 최종 선정되었다. 패류 종자 대량생산시설은 내년부터 2023년까지 총 70억(국비 35, 도비 35)원이 투입돼 전국 최초로 전북도 수산기술연구소(고창군) 내에 ICT를 활용한 첨단 패류 종자(바지락) 대량생산 시스템이 마련된다. 바지락 종자 대량 생산시설이 갖춰지면 중국산 바지락 종자 수입대체 효과가 기대되며, 특히, 관내 바지락 양식 어업인들의 경영비 절감 등을 통해 전국 최고의 바지락 양식 경쟁력을 확보할 수 있을 전망이다.

2

고창을 빛낸
33인 군민의 목소리를 경청하다
군민이 군수다!

① 고창군의 농수산업의 현장을 찾아서

01 수박과 함께 살아온 인생 "신건승"

- 1985년 고창에서 수박농사 시작
- 고창군 무장면
- 수박하우스 12,000평 경작

민선7기 유기상 군수의 군정평가

잘 한일 3가지

① 식초문화도시를 전국 최초로 시도하여 향후 농산물의 가치를 높이고 군민소득 향상에 기여될 수 있는 여건을 선점하였습니다.

② 높을고창 통합 브랜드를 만들어 기존의 수박 가격에 비하여 높은 가격으로 자리 잡는 데 크게 역할을 하였습니다.

③ 농기계 배달 제도를 통하여 농민들이 편리하게 농기계 서비스를 받을 수 있어 소농 및 고령 농민들이 크게 호응을 하고 있습니다.

아쉬운점

① 농민과 군민의 시민정신을 인문학 강좌를 통하여 의식을 바꾸는 데 시간이 많이 걸리는 것 같아 아쉽습니다.

② 그동안 소외되거나 잘못된 정책을 다양하게 점검하고 정책 전환을 위하여 노력하였습니다. 다만 군민이 바라보기에는 확고한 정책을 과감하게 치고 나가는 것을 원하고 있으나 민선 7기에는 군정 역점 사업 가짓수가 너무 많아서인지 선택과 집중력이 떨어지는 느낌을 받고 있습니다.

민선 8기에 바라는 정책. 시책. 민원

① 토양의 황폐화로 인하여 치유가 필요합니다. 3년에 1회 정도 비닐제거를 하고 겨울 바람을 받아야 토양이 건강해지는데 그렇지 못하여 정책적으로 계도 및 지원이 필요합니다.

② 농산물 소비층의 수요량 시장조사하여 고창군의 농산물 재배 생산을 장려 또는 지원정책을 시행하였으면 좋겠습니다.
③ 토양 개량사업에 적극적인 정책을 요구합니다.

개인적이 소망과 목표가 있으시다면?
수박, 멜론 고급 상품화를 실현하고 싶습니다. 내 스스로가 농민의 양심을 걸고 우리나라 최고의 품질을 생산하여 소비자가 만족하면 지속적인 소비자의 구매 의향이 있을 것이고, 나로 인하여 고창 농산물의 높은 가격으로 찾을 것을 확신합니다.

기타 하고 싶은 말씀이 더 있으시다면?
황토배기 유통에서 소포상, 소량 유통이 이루어질 수 있으면 좋겠습니다.

수박장인 1호,
고창수박연구회 신건승 회장

**"고급화로 승부를 걸고
양질의 토양 조성에
최선을 다하겠다."**

1985년 고창으로 귀농해 수박 농사로써 '전북 수박 장인 1호'로 등극한 무장면 만화리에 거주하는 신건승(77, 사진) 회장은 고창의 수박 전설이다.

그는 2000년부터 고창군수박연구회를 결성해 14개 읍면 조직을 만들고 연구한 끝에 전국적인 인기와 함께 고창수박의 명성을 이끌었다.

이듬해 롯데백화점 부산 본점에서 열린 '명품 고창 황토배기 수박 출시전'에서 이뤄진 경매에서 명품 수박 '대상'을 수상해 15만 원에 낙찰되는 등 고급 품질로 차별화를 이끌었다.

황토와 서해안 해풍으로 자란 고창 황토배기 수박이 달고 아삭아삭한 맛으로 유명하지만, 이는 신 회장의 최고를 향한 연구 노력의 결실이다. 그는 "해답은 토양에 있다. 유기물과 양분 함유 능력이 좋고, 통기성이 좋아야 한다"라고 하며, "수박은 온도에 민감하기 때문에 25도 이상이 넘으면 고온 장애로 스트레스를 받는다"라고 덧붙였다.

그의 명성은 고창수박축제에서 왕수박상을 석권해온 것.

충남 부여에서 6남매 중 둘째로 태어나 아버지를 따라 농사를 시작한 그는 "벼농사에 비해 20배 이상 소득을 얻게 되면서 본격적으로 수박 농사에 뛰어들었다"라며 수박과 인연 맺은 때를 떠올렸다.

마침 중개인의 소개로 전국 최고의 적지인 고창으로 42세에 귀농을 시도해 8년간 홀로서기를 시도한 끝에 연간 3억 원의 소득을 올리는 성공을 거두었다. 그 후 가족까지 귀촌, 지금은 세 딸을 출가시키고 아들에게 노하우를 전수하며 두 손녀에게 인생 노트를 펼치고 있다.

전국 최대 규모를 자랑하는 1만 8,000여 평의 하우스 수박 농사도 연작 피해를 빗겨 나갈 수는 없다. 땅의 지력을 높이지 않고 같은 장소에 같은 작물을 계속 심는 경우 토양의 물리화학적 조성과 비옥도가 나빠지고 미량 영양소가 결핍되며 병해충이 생겨 농작물 수확량이 떨어지게 된다.

이러한 연작 피해에 대해 그는 "수박을 수확하면 호밀 등 다른 작물을 심고, 볏짚을 넣으며 심토 파쇄는 기본이다"라며 "식물의 생육 상태를 잘 살펴 꼭 필요한 양만 시비한다"라고 말했다. 토양과 기온, 수분 등 수박 농사에 작용하는 온갖 조건을 연구하고 대처해온 그의 노력은 결국 명품 수박 생산으로 이어졌고, 현재 소비자 선호도에 걸맞은 최고급 생산에 승부를 걸고 있다.

그는 가락동 농민생산자협의회와 강서구 시장발전위원회에 참여해 소비자 트렌드, 전국 유통 규모를 살피고 있으며, 한국수박연구회 전북 대표로서 지식 나눔 등을 실천하고 있다.

그는 "기술이 어디에 있겠는가, 새 땅이 최고의 기술이다"라면서 3년 만에 새 땅을 만들기 위해서는 비닐을 벗기고 다른 작물 재배와 섬유질 미생물을 풍부하게 만들어야 한다고 말한다.

사람도 유용 미생물에 따라 면역과 건강에 차이가 나는 것처럼 식물에도 근원적인 자연 상태를 유지해주는 것이 필요하다.

농촌진흥청의 으뜸과채(수박)단지 사업의 고창군 사업자로서 10여 명이 첫해부터 전국에 고창수박의 명성을 확인시키며 평균 12.7브릭스 이상의 당도를 이루어냈다.

가뭄과 홍수 그리고 소득 불안정으로 스트레스가 많은 수박 농사에 대해 그는 "안정적 고소득으로 인구 유입과 지역 발전에 기여하겠다"라며 "한 가지 소원은 하우스의 사막화를 막기 위한 축산물 유기물의 순환 농업이다"라고 강조했다. 축산 퇴비를 토양 거름으로 용이하게 선순환토록 하는 법적 허용과 순환 시스템 구축이 미래 고창의 자원이며, 이들의 소망이다.

- 안병철 기자, 전북을 바꾸는 힘!《새전북신문》, 2020년 8월 23일

02 멜론 마이스터 "정재용"

- 고창군 공음면
- 멜론 시설 하우스 4,000평
- 고창 유일의 멜론 마이스터

민선 7기 유기상 군수의 군정 평가

잘한 일 3가지

① 높을고창 통합 브랜드가 가장 잘하신 일인 것 같습니다. 똑같은 농산물이라도 식감과 당도가 다른데 일반 농산물과 같은 기준으로 가격이 책정된다면 농민으로서는 사기가 저하되는데 높을고창 통합 브랜드가 나오면서 확연히 차별화되었고 향후에는 소비자들도 믿고 찾는 농산물이 되리라 생각됩니다.

② 농기계 배달 제도는 기존의 생각을 확 바꾸는 군수님의 아이디어가 농민들의 마음을 사로잡았습니다. 농기계가 필요해도 찾으러 가는 데 반나절, 반납하는 데 반나절, 정말 농민들은 마음은 있어도 사용하기를 꺼려했는데, 정말 좋은 제도입니다. 물론 담당하는 공무원들은 힘드시겠지만 농민들이 좋아하므로 보람과 긍지를 느끼시길 바랍니다.

③ 황토배기 유통을 정상화하는 데 단초를 마련하여 감사합니다. 돈이 크고 작고를 떠나 투자한 농민들은 말도 못 하고 개별적으로 대응하기도 힘들었는데, 고창군에서 과감하게 진행하게 되어 정말 다행이 아닐 수 없습니다.

아쉬운점

① 농산물의 유통과 홍보 기능을 농업기술센터로 일원화하여 농민들이 접근이 편하고 소통을 통하여 그 기능이 강화될 것으로 판단됩니다.

② 황토배기 유통이 정상화를 향해 달려가고는 있으나 유통이 한정적이고 적극적이지 못해 아쉽습니다. 빠른 시일 내에 마케팅을 공격적으로 할 수 있도록 기능이 발휘되길 기대합니다.

민선 8기에 바라는 정책, 시책, 민원

멜론이 현재는 도매 위주로 팔리고 있는데 온라인 경매와 온라인 직거래가 될 수 있도록 지원이 있었으면 좋겠습니다. 그리고 고창 멜론의 우수성을 홍보하기 위하여 대도시 소비자와 함께 시식 행사도 하고 경매 행사도 하는 정책이 반영되었으면 합니다.

내가 군수라면 하고 싶은 일이 있으신가요?

① 농촌 인력이 심각합니다. 대부분 외국인에게 의존하다시피 하는데 음성에서 양성화 그리고 안정적인 인력 공급하는 데 정책을 쏟고 싶습니다.

② 황토배기 유통센터를 과감하게 개혁하고 싶습니다. 특히 마케팅을 강화하는 데 인력을 배치하고 많은 수익이 나와 출자자가 더 늘어나는 정책적 지원을 하고 싶습니다.

개인적 소망과 목표가 있으시다면?

① 연매출 1억 5,000만 원에 순소득 7,000만 원을 1차 목표로 열심히 정진하고자 합니다.

② 대한민국 최고의 멜론을 생산하는 전문가가 되어 8kg 한 상자에 10만 원 받는 멜론을 생산하는 데 목표를 설정하였습니다.

기타, 하고 싶은 말씀이 더 있으시다면?

농업 기술에 기초 이론 교육을 강화하여 고창군 농민들이 한 단계 더 높은 농업 기술을 향상하는 데 더 노력을 하여주셨으면 좋겠습니다.

고창멜론,
275만 원 최고가 낙찰 '신기록'

　고창군의 '멜론 온라인 경매'가 275만 원의 낙찰 신기록을 기록하며 새 역사를 썼다. 이는 '멜론 온라인 경매'로 코로나19 시대 신개념 농산물 마케팅과 유통의 장을 열었다는 평가를 받는 것.

　군은 지난 4일 동리국악당에서 고창멜론생산자연합회가 주관해 '고창멜론 온라인 경매'를 지난해에 이은 3번째로 열고서 고창군 공식 유튜브 라이브 방송을 통해 전 국민 누구나 쉽게 댓글로 참여 및 시청하도록 한 것이다. 이날 경매에는 순간 접속자가 130여 명을 넘기기도 했으며 10만 원부터 시작한 경매가는 단숨에 호가 100만 원을 돌파하면서 모두의 관심을 집중시켰다. 이어서 후끈 달아오른 분위기 속에 30분 만에 200만 원 대에 진입하면서 현장의 관계자들도 숨죽이고 방송 모니터의 댓글 상황을 지켜봤다. 경매 시작 40분께 275만 원의 댓글이 뜨자 장내가 술렁였다. 사회자가 "275만 원! 275만 원! 더 없습니까?" 하고 외쳤고, 더 이상의 입찰이 이뤄지지 않으면서 "낙찰"이 선언되자 현장에선 환호성이 터졌다. 이는 2년 연속 210만 원에 이어 올해 역대 최고가 낙찰로서 시중에서 멜론 2개가 들어 있는 박스의 가격이 3만 원 안팎인 것을 감안하면 고창멜론은 하나의 문화가 된 셈이다.

　최상품의 고창멜론을 얻게 된 경기도 시흥에 사는 50대는 "정말 감사합니다. 내 고향 고창을 사랑하는 마음을 이렇게 전할 수 있어 기쁩니다"라며 감격해했다. 이어 그는 "고창 아산면이 고향으로 선운산·고인돌·인천강 등에서 친구들과 함께한 소중한 학창시절의 추억이 남아 있다"라며 "올해 코로나19에 폭염·장마까지 어려운 일이 많았는데, 고향 농가 분들께 힘이 될 수 있어서 기쁘다"라고 말했다. 이날 경매 낙찰가 275만 원은 낙찰자와 농가의 이름으로 전액 불우이웃 돕기에 기부될 예정이다.

　특히 경매에 오른 멜론을 재배한 농가의 이위연 씨(토성영농조합법인)도 방송에서 눈을 떼지 못한 가운데, 이날 오전 고창멜론 경진대회에서 이씨의 멜론은 고창 관내 126여 멜론 농가를 제치고 대상으로 선정됐다.

코로나19 시대 신개념 농산물 마케팅과 유통의 장 평가
낙찰자와 농가 이름으로 275만 원 불우이웃 돕기에 기부
"명품 고창멜론 키워낼 수 있도록 혼신의 노력"

    최종 낙찰 가격이 결정되자 이씨는 "정말 감사하다. 그만큼 고창멜론의 가치를 높게 쳐준 것이라 생각한다"라며 "앞으로도 전국을 넘어 전 세계를 대표하는 명품 고창멜론을 키워낼 수 있도록 혼신의 노력을 다하겠다"라고 밝혔다.

    고창멜론은 미네랄과 원적외선이 풍부한 황토에서 재배되며 안정된 재배기술과 많은 일조량으로 당도가 높으며 과즙이 풍부하고 향이 좋아 직거래 재구매율이 80%가 넘는 농가도 있을 정도다. 그만큼 고창멜론을 먹어본 사람은 계속 찾는다. 유기상 군수는 "고창멜론을 알리기 위해 국내 최초로 시도한 멜론 온라인 경매가 3년 만에 275만 원이라는 경이적인 낙찰가로 대한민국 농특산물의 새로운 역사를 썼다. 지속적인 품질관리와 마케팅을 통해 고창 명품 멜론의 명성을 이어 나가겠다"라고 말했다.

- 안병철 기자, 전북을 바꾸는 힘!《새전북신문》, 2021년 9월 5일

03 우리 것이 좋다! 토종이 좋다! "김남수"

- 고창군 해리면
- 토종씨앗연구회 회장

민선 7기 유기상 군수의 군정 평가

잘한 일 3가지

① 저는 농업인으로 당연히 농민수당 신설을 전라북도 최초로 고창군이 시행하여 농민으로서 자긍심을 갖게 해준 것에 대하여 감사드리고 싶습니다.

② 봄이 되면 청보리와 함께 유채꽃으로 가득한 고창의 들판을 보면서 감개무량했습니다.

③ 식초문화도시는 단순히 건강과 연관되는 것 같지만 농산물을 기반으로 식초가 만들어지기 때문에 식초는 미래 산업이라고 생각합니다.

아쉬운 점

고창은 머지않아 소멸되는 도시로 분류되어 있습니다. 농사는 1만 명만 있어도 가능하지만 지역은 모두가 떠나고 사라지면 무슨 의미가 있겠습니까. 그럼 자라나는 자녀들은 도시로 가거나 농사만 지어야 합니까?

균형 있는 지역이 만들어져야 발전합니다. 동우팜은 우리 지역에 맞는 기준을 갖고 상생하여야 합니다. 지역민이 갈등하고 분열하는 것보다는 상생하는 현명한 결정을 기대합니다.

민선 8기에 바라는 정책, 시책, 민원

토종농산물에 대한 직불제를 고창군에서라도 시행하면 참여하는 농가가 많아질 것이라 생각됩니다. 그리고 토종 농사를 짓는 마을을 육성하여 각종 지원과 혜택을 줄 수 있는 조례를 제도화하였으면 합니다.

내가 군수라면 하고 싶은 일이 있으신가요?

토종농사공원을 조성하여 관광자원화할 수 있는 여건을 만들고 싶습니다.

개인적 소망과 목표가 있으시다면?

토종 농산물 생산, 판매를 통하여 농생명문화 창달에 기여하고 새로운 소득 모델을 창출하고 싶습니다.

토종씨앗에 강한 고창군, 토종벼 수확 현장

다국적기업에 빼앗긴 종자를 다시 찾도록 고창군과 농협, 토종씨앗연구회는 지난해부터 70여 종의 토종씨앗 수집부터 증식, 재배에 이르기까지 전력하고 있다. 이를 위해 군은 지난해부터 GMO 대응 고창만의 차별화된 토종 농산물의 경쟁력을 위해 전국 최초로 GMO 재배 금지 조례 제정부터 토종 농산물 채종포, 전시포 등에 6,000여만 원을 투입하고 있다. 이 가운데 6월 무장면에 토종벼 9종을 모내기한 데 이어 지난 14일 현지에서 수확의 기쁨을 나눴다. 하늘이 허락한 축복의 땅 고창에서 추수감사를 만끽할 수 있는 토종벼 수확 체험 현장을 찾았다.

종자 원천 발굴과 신토불이 건강 위해 씨앗 수집

10여 년 전부터 고향에서 농사일과 트릭아트 전공을 선보이는 고창토종씨앗연구회 김남수(55) 회장은 30여 명의 회원과 함께 불모지 토종씨앗 수집에 나섰다. 이는 돈을 위해서가 아니라 종자 원천 발굴과 신토불이 건강을 위해 한 발 앞선 행동이다. 수천 년을 이어온 우리의 씨앗은 후손에게 물려줘야 할 소중한 우리 자산이며 씨앗을 지키고 이어가는 것은 미래를 지키는 것이다.

한편 씨앗을 독점하여 우리의 미래를 장악하려는 다국적 종자기업으로부터 종자 주권을 수호하는 것이기도 하다.

김 회장은 "사람살려 고창토종씨앗연구회에서는 우리 고창의 토종씨앗을 수

집부터 나눔과 증식, 생산을 통해 안전 먹거리 제공과 농가소득에 기여한다"라고 말했다. 이들이 말하는 유비무환 정신은 착하게 일만 하고자 하나 어느 순간에 해커들의 밥이 되고 마는 우리들이 컴퓨터처럼 다국적 종자 기업에 의해 국내 종자산업의 몰락과 함께 전 작물의 50%가량의 씨앗 수입, 그리고 전체 경작지 임대료만큼의 씨앗 값이 매년 지급되는 현실이다. 따라서 '사람살려 고창토종씨앗연구회'는 고군분투하여 마치 나라의 기능이 마비되었지만 전국에서 거병한 의병과 거북선을 앞세워 왜적을 무찌른 1592년을 돌아본다.

수집한 28종 토종벼 중 9종 재배

연구회에서 수집한 28종의 토종벼 가운데 올해 시범포로 붉은메를 비롯해 흰배, 장끼벼, 신다마금, 노인도, 충북흑미, 돼지찰, 녹토미, 자광도 등 9종을 직접 재배했다.

① 돼지찰은 조생종으로서 전국에서 가장 많이 심어졌으며 돈나, 도아지로도 불린다. 낟알 수가 이삭당 250여 개로 다수확 품종이며 키가 크고 대가 굵어 쓰러짐에도 강하며 찰기가 오래가서 한과 용도로 최고의 품종이다.

② 노인도는 중만생종으로 이삭 전체가 담갈색으로 익어가는 모습이 노인의 모습을 연상시켜 노인도라고 불린다. 밭벼로 심었으며 재해에 강하고 풍흉 기복이 적으며 일제강점기에 장려 품종이었다.

③ 자광도는 중만생종으로 조선시대 인조 때 사신이 중국 길림성 남방 지방에서 가져와 김포 지역에서 대대로 재배된 품종이며 밀다리벼라고도 불린다. 자광도는 현미색이 붉고 안토시아닌 함량이 높아 끈기는 없지만 구수한 밥맛으로 이천 지방의 자채미와 함께 궁중에 진상된 품종이다.

④ 충북흑미는 중생종으로 현미색이 흑색을 띠며 충북 지역에서 주로 재배됐다. 키가 작고 낟알이 잘 떨어져 다루기 어려운 인디카형의 약간 긴 검은색 쌀이다. 이외에도 희배, 장끼벼, 신다마금, 녹토미, 붉은메 등이 각자 특색을 갖고서 우리

민족의 건강한 역사를 이어온 것이다.

토종벼 수확 체험 현장

고창군은 지난 14일 무장면 들녘에서 5개월 만에 토종벼 9종의 수확을 낫으로 직접 수확하는 기회를 가졌다. 이 자리에는 유기상 군수를 비롯해 진기영 NH농협중앙회 고창군지부장, 김기육 선운산농협조합장, 김동섭 무장면장, 현행열 농업기술센터소장, 토종씨앗연구회원 20여 명과 주민들이 참석했으며, 무장제일어린이집 아동 20여 명이 현장 체험을 가졌다. 이들은 둠벙에서 자란 토종 미꾸라지 잡기부터 낫질과 홀테 탈곡기를 경험했으며, 시식 코너도 가을의 풍요를 더했다. 이날 출연한 임원경제 사회적협동조합 변흥섭 부이사장은 특강과 함께 고창군의 토종씨앗 조례 제정, 회원들의 수집 등에 깜짝 놀라 즉석에서 유튜브 생방도 이뤄졌다.

유 군수는 "최대 고인돌군의 고창군은 찬란한 농경문화의 중심지였으며 한반도 첫 수도의 증거가 되었다"라며 "국내 최초의 토종씨앗 보존의 조례 제정부터 시범포 운영, 회원 활동 등은 미래 식량자원의 중요한 기회가 될 것이다"라고 말했다. 그는 농민군수를 자처하며 농업의 공익적 가치를 되찾기 위해 최초로 농민수당 조례 제정으로 수당 지급, 농기계 배달 서비스와 소작농 밭갈이까지 지원해 전국 최우수로 선정됐다. 이는 고창의 땅이 타 지역보다 게르마늄 원소가 10% 이상 높으며 황토의 유익균도 3배 이상 많아 축복의 땅을 받은 군민들의 기회인 것. 더 나아가 그는 시농대제와 농촌영화제 등을 실시해 건강하고 착하며 믿음이 있는 고창군 농생명산업을 문화로 승화시켜 영원히 간직하고 발전시킨다는 것이다.

토종농산물 활성화 위한 노력

농어촌 지역인 고창군은 올해 산물벼 4만여 톤을 수매해 공공비축미와 RPC로 공급, 선정 산금 포대당 3만 원을 우선 지급키로 했다.

진기영 군지부장은 "올해는 긴 장마 등으로 벼 수확량이 15%가량 줄어든 흉작이다"며 "농민들이 높은 쌀값을 받도록 노력하겠다"라고 말했다. 군은 GMO 대응 토종농산물 활성화를 위해 도비 등 6,000여만 원 투입과 함께 우량종자 구입에 7,000만 원, 기후변화 대응 피해경감 대책, 쌀 경쟁력 사업에 16억 원, 친환경 브랜드 쌀 육성에 50억 원 등을 투입한다.아울러 군은 농업농촌 공익적 가치 지원사업으로 농업경영체 등록 9,737농가에 대해 연 60만 원 상당의 고창사랑 상품권 지급, 4월에 한반도 농업의 시작을 알리는 시농대제 추진, 농업농촌 3분 영화 공모전으로 전국에 '농생명문화 수도 고창'의 이미지를 알리고 있다.

김남수 토종씨앗연구회장 인터뷰

"우선 돈이 되지 않는 토종씨앗연구지만 훗날 누군가는 지켜내야 하는 임무다"라며 10년 전부터 고향으로 내려와서 땅콩 재배와 토종씨앗 수집, 고창예술인협동조합에서 일하고 있는 김남수 회장은 뚝심과 순수함이 고창토종씨앗의 미래를 밝히고 있다.

그는 집성촌 등을 돌아다니며 그의 순수한 뜻을 알리고 보관 중인 토종씨앗을 수집하고 이것들을 회원들과 나눠 증식과 재배에 몰두해 미래 식량국가의 길을 한 걸음씩 준비하는 고창의 주인공이다.

- 안병철 기자, 전북을 바꾸는 힘! 《새전북신문》, 2020년 10월 14일

04 달콤한 수박은 내 손으로 "송민선"

● 고창군 성내면
● 스테비아연구회 회장

민선 7기 유기상 군수의 군정 평가

잘 한일 3가지

① 농민수당을 첫 번째로 꼽고 싶습니다. 농민이 한 번이라도 수당을 받아본 적이 있나요? 피땀 흘려 농산물을 팔아야만 돈을 만질 수 있나 보다 했는데, 농민이 농민수당을 받을 수 있다는 것 자체만으로도 변화가 된 것입니다.

② 고창수박은 예전부터 유명해 고창수박으로만 알려졌지만 명실상부하게 높을 고창 브랜드 가치가 붙으면서 상품 경쟁력이 더 높아지는 것 같습니다.

③ 식초문화도시는 좀 생소할 수 있지만 토종씨앗과 더불어 선점하는 것이 중요합니다.

아쉬운 점

① 전국적으로 직불금에 대한 올바른 집행을 하는 데 어려움이 있는 것 같습니다. 직불금 부정수령고발센터를 개설하여 부당 이익을 받는 사례가 없어졌으면 좋겠습니다.

② 대농 중심의 지원 정책을 좀 지양하고 소농과 노령농에게도 혜택이 촘촘히 갔으면 합니다.

민선 8기에 바라는 정책, 시책, 민원

고창에서 처음 쏘아올린 농민공익수당이 이듬해 도내 14 시군 전체로 확대되었다는 점은 명실공히 지역의 자랑임에 틀림없습니다.

농가가 아닌 농민전체로 확대했으면 좋겠고 더 나아가 농도 고창군에서도 중앙정부에 적극 건의하여 농민수당을 법제화하여 실질적인 농업농촌의 공익적 가치가 인정받는 날이 오길 바랍니다.

내가 군수라면 하고 싶은 일이 있으신가요?
개인적 소망과 목표가 있으시다면?
안정적인 수박 농사를 짓는 데 전념하고 싶은데 대체 과일의 증가로 수박 소비자
가 줄어들고 있어 마음이 조급합니다.

수박주스, 바르는 화장품…
고창수박의 무한 변신

고창수박은 무게 8kg, 당도 12브릭스 이상일 때 '높을고창' 브랜드를 부여하며 홈쇼핑에서 일반 수박보다 2배 높은 가격에 팔려 나간다. 최근에는 스타벅스, 폴바셋 등에서 고창수박 주스 판매와 바르는 화장품 등으로 상품 다양화도 꾀하고 있다. 대한민국 대표 브랜드 10년 연속 대상의 영광에는 재배 농가들의 남다른 비결과 꾸준한 노력이 숨어 있다. 성내면의 스테비아수박연구회를 통해 5월 중순에 첫 출하되는 고당도 고창수박에 지역의 저력이 숨 쉬고 있다.

고창수박 인기 비결

고창 지역은 1974년부터 대산면 일대 야산 개발을 발판으로 대규모 수박 재배를 시작해 1980년대에 들어 전국 최고의 브랜드로 자리 잡았을 뿐만 아니라 모든 농산물에 '고창만 붙이면 다 명품'으로 인정받았다. 이는 게르마늄과 미네랄 성분이 많이 함유된 황토에서 자라서 당도와 맛이 탁월하기 때문이다. 황토는 0.005mm 크기의 입자로 구성된 황금색 흙으로서 각종 유용 미생물과 효소, 다양한 미네랄을 지닌 살아 있는 생명체이기 때문에 고초균류를 비롯해 방선균류, 카탈라아제, 프로테아제, 디페놀 옥시다아제, 게르마늄, 탄산칼슘, 실리카, 철분, 마그네슘, 나트륨 등이 포함돼 있다.

여기에 땅심을 높이기 위해 과감한 볏짚 거름을 사용해 식물의 면역력 증가와 병원균 침입 방지, 식물생장호르몬 분비 등에 도움이 되는 고초균이 타 지역 토양보다 20% 더 들어 있으며 방선균도 타 지역 토양보다 4~6종이 더 들어 있다. 이는 곧 천혜의 토양과 기술력이 입증된 것. 2019년 원광대 윤석인 교수의 <고창군 농경지 게르마늄 함량조사 및 우수성 검증연구>에 따르면 고창 농경지 대부분은 황토 게르마늄이며 성분도 타 지역보다 11% 더 많다. '땅심은 곧 농심'이었던 고창군은 2013년 전 지역이 유네스코 생물권보전지역으로 등재됐고, 2014년 롯데백화점 노원점에서 현장 최고가 경매 32만 원의 감탄 수박이 나왔는데, 바로 고창수박이었던 것이다.

고창 스테비아수박, 비밀이 있다무게 8kg, 당도 12브릭스일 때 '높을고창'스테비아수박연구회, 매년 최고품질 생산도매시장, 소매, 온라인 등 유통망 확대도 "세계에서 사랑받는 브랜드 되도록 노력"

성내면 스테비아수박연구회

전북 최대 수박 산지인 고창군에서 스테비아수박연구회 회원들은 매년 최고 품질의 수박을 생산하고 있다. 스테비아수박연구회는 고창에서 활발하게 활동하는 수박 단체 중 하나다.고창 성내면을 중심으로 스테비아수박연구회는, 논 수박 위주로 100% 포전(밭떼기)거래로 상인의 횡포가 심해 낮은 가격에 거래가 되어왔지만 포전상인에게 조직적이며 체계적으로 대응하기 위해 이봉희 회장을 주축으로 2002년에 연구회를 결성, 60명(50ha)의 회원이 활동하고 있다.

스테비아수박연구회라고 명칭을 지은 이유는 스테비아 농법을 사용하기 때문이다. 스테비아 농법이란 토양 중 유용한 미생물의 활동을 활성화하고 농산물의 상품성을 높이기 위하여 건조시킨 스테비아 식물의 잎과 줄기를 분말화해 토양에 살포하고 농축액을 관주 또는 엽면에 살포하는 방법이다. 스테비아를 사용하면 농산물의 신선도를 연장시키고, 과실류의 당도를 높여준다. 고창군 스테비아수박이 맛있는 이유 중의 하나가 여기에 있는 것이다. 스테비아는 국화과 식물로 단맛이 설탕의 약 400배나 되지만 칼로리가 설탕의 90분의 1로 낮아 저칼로리 감미료로 인정되고 있다. 스테비아수박연구회는 기존에 포전 거래하던 농가들을 조직화하여 계통 출하를 한 결과 농가 소득이 약 41% 증가되었다. 아울러 수박 조기 생산(5월 초 출하)으로 높은 가격에 판매가 되고 자재를 공동구매하여 경영비를 절감하는 등의 성과를 거두고 있다.

그리고 스테비아수박이라는 브랜드를 구축하여 상인들과 소비자들에게 신뢰를 얻어 도매시장, 소매, 온라인 등으로 유통망이 확대되었다. 소비자의 니즈를 만족시켜야 하는 요즘 스테비아수박연구회는 일반 수박뿐 아니라 소과종 수박, 씨 없는 수박 등을 재배하여 소비 트렌드 변화에 적극 대응하고 있다.

수박은 연작 장해가 심한 작물이지만 스테비아수박연구회는 매년 하우스 1동당 1톤 이상의 볏짚을 투입하여 토양 관리를 하고 있다. 농업기술센터 정서경 팀장은 "센터에서 운영하는 농촌개발대학 참여와 수박 연구 개발 기술 도입을 통하여 끊임없이 연구하고 배우고 있다"라고 말했다. 이외에도 고창수박 명성 유지와 경쟁력 향상을 위하여 각종 시범 사업을 추진 중에 있고, 노동력 문제가 대두되는 시기인 만큼 노동력 절감을 위한 수박 방임 재배 기술에 관심을 가지는 등 스테비아수박연구회 회원들의 고품질 수박 재배를 위한 노력은 계속될 것이다. 올해는 첫 수확으로 5월 13일경 고광서 농가가 가락동시장 출하를 비롯해 김사배 농가의 블랙망고(소과종)도 부안유통 등으로 출하될 예정이다.

유기상 군수는 "전 지역이 유네스코 생물권보전지역으로 지정된 청정 고창에서 농업인들의 정성으로 생산되는 높을고창 수박이 대한민국을 넘어 세계에서 사랑받는 브랜드가 될 수 있도록 더욱 노력하겠다"라고 말했다.

수박 농가의 어려움

전국 유일하게 포전 유통 방식을 극복한 이들은 타 지역의 수박 보편화, 수입

과일의 대체, 여전한 포전 거래의 유혹 등으로 노심초사다.

고창 성내 지역의 장점은 5~6월 시기에 일교차가 커서 맛과 당도가 높으며 일찍부터 회원들의 단합으로 중간 유통에 휘둘리지 않으며 55일간의 숙기를 완성하는 기술이 잘 전수되고 있는 것. 타 지역은 토심이 안정되지 않아서 45일 만에 수확하는 바람에 고창수박보다 뒤처진 것이다. 농촌 지역 고령화와 인건비 상승도 문제다. 한때 회원 100여 명이 새벽 1시부터 오전 11시까지 선선한 기온에서 하루 5톤 트럭으로 23차까지 발아 출하, 트럭 한 대에 2,000만 원씩 고수익을 올리기도 했지만 지금은 30% 정도 뒤처지는 실정이다.

성내면 스테비아수박연구회 송민선 회장은 "초창기에는 가격과 유통질서를 잡기 위해 많은 갈등과 오해가 있었지만 지금은 소비자 트렌드 변화와 함께 새로운 시장개척에 도전받고 있다"라고 말했다. 연구회는 2017년에 귀농한 박형규 총무를 비롯해 이평용 재무, 이봉희 의원 등이 함께 고민하며 새로운 집하 선별장, 연작 피해 대책, 저장성과 사이즈 등에 고민하고 있다.

송민선 회장 인터뷰

"선배들의 수박 명성을 지키고 발전시키기는 것이 고창의 발전이며 농촌의 미래다." 성내면 스테비아수박연구회를 맡은 송민선(50, 사진) 회장은 조동마을 출신으로 가락동시장에 외국 과일이 과반수를 차지하고 백화점 진열 과일 1위도 빼앗겨버린 고창수박의 명성을 되찾기 위해 불철주야로 뛰고 있다. 그는 7남매 중 넷째 아들로서 서울 생활을 청산하고 2009년에 귀향해 수박 농사의 길을 걸으며 3명의 아들, 아내와 함께 행복한 고창인이 되었다.

그는 "귀향 당시에 전국 4대강 국책사업으로 타 지역 수박 농사 감소로 인해 스테비아수박이 전국을 휩쓸었다"라며 "고창만의 기후, 기술력, 회원 단합 등이 큰 자산이다"라고 말했다.

- 안병철 기자, 전북을 바꾸는 힘! 《새전북신문》, 2021년 4월 29일

05 전국 최대 생산지 하전 바지락
권영주

- 고창군 심원면
- 하전어촌계장
- 고창군 하전갯벌 정보화마을 운영위원장

민선 7기 유기상 군수의 군정 평가

잘한 일 3가지

① 높을고창 통합 브랜드입니다. 물론 하전바지락, 고창바지락, 최고의 바지락 산지, 최고의 품질 고창하전바지락이라고 알려져는 있지만, 고창군 통합 브랜드인 높을고창은 품격을 올려주고, 도소매업자가 아닌 소비자들에게 각인이 될 것입니다.

② 동학농민혁명 교과서 수록은 군민들에게는 당장 의미가 작을 수도 있지만 앞으로 우리 자녀, 손자들이 역사 공부를 하면서 새로운 시선으로 고창의 동학농민혁명사를 알아가게 되는 큰 사건이 아닐 수 없습니다.

③ 기부문화 확대는 신선한 충격이었습니다. 금액의 크고 작음이 아니고 소중한 일이고 필요로 하는 사람이 있기에 의미가 있다고 생각합니다.

④ 그리고 위 항목에서는 빠졌지만 고창갯벌이 세계자연유산에 등재된 것이 잘한 일이라 봅니다.

아쉬운 점

경관농업의 정책은 좋았으나, 관광객의 시선을 끌기에는 다소 미흡했습니다. 서남해 풍력단지 건설로 인하여 황금 같은 어장이 부안군에 넘어가 이로 인하여 피해를 본 어민이나 어촌계에 아무런 지원이 없는 것이 아쉽습니다.

민선 8기에 바라는 정책, 시책, 민원

세계자연유산 등재 등 고창 지역의 갯벌이 우수하고 보존 가치가 높다고 전 세계가 인정한 만큼 잘 지키고 가야 할 주체는 어민들이고 어촌계라고 봅니다. 이 주체들에게 깊은 관심과 지역 발전에 필요한 모든 정책들을 적극 지원해주시기 바랍니다.

권영주
고창 하전 어촌계장 대통령산업포장 수상

권영주 고창 심원면 하전 어촌계장이 '제6회 수산인의 날' 행사에서 대통령 산업포장을 수상했다. 지난 31일 부산광역시 벡스코에서 열린 '제6회 수산인의 날' 행사는 해양수산부가 주관했으며 전국 어업인과 수산업계, 정부부처, 지자체 관계자 등 3,000여 명이 참석한 가운데 성황리에 개최됐다.

권 계장은 지난 2011년부터 하전어촌계장을 맡고 있으며 자율관리 공동체 위원장, 정보화마을 위원장을 역임하며 마을 발전과 화합을 위해 헌신·봉사하고 있으며, 특히 적극적인 홍보 마케팅과 체험객을 위한 편익시설 확충을 포함해 안전 시스템 구축 그리고 전북도가 주관하는 '하전 어촌 이야기길' 공모사업을 유치해 어촌에 다양한 이야기와 색깔을 입히는 관광 기반 시설 조성에도 크게 기여했다.

또 갯벌체험장과 연계한 '바지락 생생갯벌축제' 공모사업에 선정(2012~2014년, 농식품부 마을축제 30개소 중 어촌 2개소 선정 지원)되어 성공적인 개최로 이끌면서 하전 어촌의 새로운 소득 창출과 활력을 불어 넣고 있으며, '바지락 생태복원 및 종패발생장 조성사업(20억 원)' 국비 지원과 지난해 하전 자율관리공동체가 선진 공동체로 선정되는 데 결정적인 역할을 한 것으로 알려지고 있다.

권영주 어촌계장은 "이렇게 큰 상을 받게 된 것은 함께 협력하고 노력해준 모든 어업인들 덕분"이라며 "앞으로도 마을과 어촌계, 고창군 수산 발전을 위해 최선을 다하겠다"라고 말했다.

- 신동일 기자, 《전라일보》, 2017년 3월 31일

2

문화예술인들의
목소리를 듣는다

06 판소리 보존에 앞장서는 "김옥진"

- 고창군 고창읍
- 고창판소리보존회장

민선 7기 유기상 군수의 군정 평가
잘한 일 3가지

① 현재의 동리정사는 옛 동리고택의 사랑채로서 정면으로 초가 6칸만 남아 있는데 한 시대를 풍미하던 당대에는 문하에 많은 광대들과 소리를 배우러 온 사람들로 문전성시를 이루었다고 합니다. 전해오는 일화 및 증언에 의하면 동리정사는 그 전체 부지만 4,000여 평에 이르며 동리정사 재현을 통해 판소리 체험 및 전수는 물론 주변에 장터 및 주막거리, 풍물굿세계화센터를 조성해 영화 촬영장으로 활용하는 한편, 고창읍성과 판소리박물관, 오거리당산, 석정온천 등과 연계해 오감 만족 관광 상품 개발을 통해 국내외 관광객을 유치하여 지역경제 활성화를 위해 공사가 막바지에 이르렀는데, 저는 민선 7기에 가장 잘한 사업으로 추켜세우고 싶습니다.

② 노을경과 함께하는 생물권체험벨트에 선도적으로 사업을 추진하시는데, 감사드립니다. 고창은 서남해안에서 가장 적은 섬을 보유하고 있습니다. 갯벌과 단순한 해안도로로 바다가 있음에도 관광산업이 저조한 편인데 우리 고창의 특성에 맞게 노을경을 바탕으로 생물권체험벨트 콘셉트를 갖고 추진하는 것은 환경도 보호하고 관광도 활성화 할 수 있다는 데 크게 점수를 주고 싶습니다.

③ 그리고 유기상 군수님의 중앙 행정 인맥과 중앙부처 방문을 통해 30년 해묵은 부창대교를 노을대교로 이름을 바꾸어 부안군의 동의를 얻어내 이룩한 성과는 인정해야 할 것입니다.

아쉬운 점

① 고수산업단지에 들어설 예정인 동우팜이 주민의 갈등 양상으로 펼쳐지고 있어 고창을 사랑하는 사람으로서 참으로 아쉽습니다.
② 동리 기념사업이 군민 판소리 보존회 중심으로 사업이 진행되어야 하는데, 외지인들이 중심이 되어 아쉽습니다.

민선 8기에 바라는 정책, 시책, 민원
판소리를 배우고 싶고, 좋아하고, 관심이 있는 분들이 마음 놓고 판소리를 연습할 수 있는 공간이 만들어져 자유롭게 이용할 수 있는 정책을 권합니다.

개인적 소망과 목표가 있으시다면?
① 고창은 판소리의 본고장이며, 과거지만 판소리를 배우기 위해 문전성시를 이루었던 광경이 재현되었으면 하는 바람이 있습니다.
② 역사문화 도시인 고창군민들이 최소한 판소리 한 대목을 부를 수 있도록 운동을 펼치고 싶습니다.

고창 '동리대상' 판소리 명창 박양덕 씨 대상 수상

판소리 명창 가향(歌香) 박양덕 선생은 1947년 전남 고흥군에서 태어나 열 살 때부터 소릿길을 시작했다. 막내 고모부였던 동초 김연수 명창에게서 단가(여화세상)를 배웠으며, 이를 시작으로 동초 김연수 선생님의 스승이신 박복선 선생님을 독선생님으로 모시고 〈흥보가〉를 비롯해 다른 바탕의 대목소리를 배웠다.

1964년 만정 김소희 문하에서 〈춘향가〉, 〈심청가〉, 〈흥보가〉를 20년이 넘도록 꾸준히 사사하며 당대 남도 민요로 유명한 김경희에게서 100여 곡이 넘는 남도 민요를 사사했다. 이후 미산 박초월에게서 〈수궁가〉를, 박봉술에게서 〈적벽가〉를 사사해 판소리 다섯 바탕을 다 지녔으나 성우향에게서 〈강산제 심청가〉를 사사했다. 이러한 배움에 1990년 제17회 남원 춘향국악대전 명창부 장원으로 대통령상을 받으며 명창 반열에 합류하고, 1993년 KBS 국악대상에서 민요 부문으로 수상해 판소리뿐만 아니라 '남도민요 하면 박양덕'이라는 수식어가 완성됐다. 1978년 국립국악원 민속단 입단을 시작으로 많은 공연과 작품을 남겼으며, 2000년부터는 국립민속국악원(남원) 지도위원으로 후배와 후학 양성에 힘썼다.

2003년 전라북도 무형문화재 제2호 판소리(〈수궁가〉) 보유자로 지정됐으며, 2004년에 남원시립국악단 단장으로 임용되어 많은 작품을 만들었다. 이후 국립민속국악원의 예술감독과 원로사범을 연임하며 지고 및 창작 활동의 공로를 인정받아 2011년 국립국악원 개원 60주년 기념 대통령상 표창장을 받기도 했다.

여성국극단 시절부터 수많은 창극 무대의 경험으로 창작 창극 〈가왕 송흥록〉, 창작 창극 〈옥보고〉 등 작창 및 지도를 하였으며, 〈옥보고〉는 2004년 올해의 예술상 전통예술 부문 최우수작품상을 수상하기도 했다.

1987년부터 시작된 완창 발표회는 연연히 해왔으며 고창 선운사와 지리산 화엄사에서의 산공부는 꾸준히 노력하는 학습의 길이 되었고 당대 최고의 고수인 김동준, 김득수와 꾸민 무대들도 볼 수 있었다.

박양덕 명창은 소리뿐 아니라 이매방 명인께 무용, 성금연 명인께 가야금 산

제31회 동리대상 시상식이 지난 6일 고창 동리국악당에서 있었다. 가향 박양덕 판소리 명창(앞줄 오른쪽 세 번째)과 (사)동리문화사업회 이사장 이만우(앞줄 왼쪽 두 번째), 유기상 고창군수(앞줄 오른쪽 두 번째)가 기념촬영을 갖고 있다.

조도 배웠으며, 1969년 일본 대판(오사카) 만국박람회 초청 공연에서는 오고무로 무대에 오르기도 했다.

많은 해외 공연을 비롯해 박양덕 명창은 미국 오하이오 주립대 한국학과에 초청되어 연주 및 강연을 다수 하였으며, 이를 계기로 판소리를 배우러 한국을 방문하는 외국인들도 있었다. 당시 남도 지역에서 대금과 피리로 유명했던 박창오 명인의 12남매 중 여섯째로 태어났으며, 제30회 남원 춘향국악대전 명창부 장원으로 대통령상을 수상한 박추자 명창이 동생이고, 부군은 거문고 산조의 김무길 명인(국가무형문화재 제16회 거문고산조 전승교육사)이다. 자제들도 딸은 아버지와 같은 길인 거문고를, 아들은 아쟁 연주가로 활동하는 국악 집안으로, 악성 곡보고 선생님의 거문고 음악과 동편제 소리의 맥을 이어가고자 남원 운봉에 운상원 소리터를 지어 전승 활동 및 창작 작업을 하고 있다.

〈수궁가〉, 〈흥보가〉, 〈심청가〉는 음반으로 후학들에게도 전해지고 있으며 남도민요 모음집 《가향(歌香)》은 현존하는 남도민요 모음집 중 가장 많은 곡이 수록돼 있다. 박양덕 명창은 〈수궁가〉 문화재로 동편제의 맥을 이어가고 그 탯자리인 남원에서 이를 보존, 보전하고 전승하고 있다.

〈수궁가〉를 비롯해 무대에서 주로 선보인 〈강산제 심청가〉는 서편제의 대표적인 장르로 박양덕 명창은 동편제와 서편제의 소리를 두루 섭렵하였고, 이는 박양덕 명창의 소리 세계에 많은 영향을 미쳤다.

어릴 적부터 소리가 구성이 있다, 목이 구성이 있다고 많은 명창 선생들께 이야기 들었던 박양덕 명창은 가장 먼저 수리성이 일품으로 손에 꼽히며 방울목 등 차별된 창법과 다양한 음색을 안정적으로 구사한다. 정확한 발음으로 사설 전달력이 분명하기에 내용 전달뿐 아니라, 소리의 흐름, 감정 전달까지 잘 이루어지며, 아니리 및 소리에서 다양한 역할을 흥미롭게 표현함 또한 일품이다. 그리고 발림이 지닌 중요성은 박양덕 명창의 너름새를 통해 다시 한 번 인지하게 된다.

박양덕 명창이 부르는 남도민요의 〈육자배기〉는 공력을, 〈흥타령〉은 한(恨)을 지녔지만, 박양덕 명창만의 구슬픔 속에서 절제된 미(美)가 있다.

수상자 약력

현재 전라북도 무형문화재 제2호 〈수궁가〉 보유자, 한국판소리보존회 이사 겸 한국판소리보존회 남원지부장. 국립민속국악원 예술감독, 국립민속국악원 원로사범, 남원시립국악단 단장을 역임함.

- (글·사진) 전경열 기자,《중도일보》, 2021년 11월 11일

07 고창농악을 세계로 고창농악보존회
"이명훈, 구재연, 임성준, 주영롱"

● 고창군 성송면
● 고창농악보존회 이수자

민선 7기 유기상 군수의 군정 평가

잘한 일 3가지

모두 잘 하셔서 특별히 3가지만 꼽을 수 없지만 개인적으로 동리정사 복원사업
을 활발히 추진하신 것에 감사드립니다. 동리정사가 고창의 문화를 대표하는 공
간으로 거듭나길 바랍니다.

아쉬운 점

동리정사 복원은 고창군의 주도하에 진행되었지만, 동리정사에 적극적으로 관
심을 가지고 있는 민간인의 의견을 적극 수렴하여 진행하였으면 더 좋았을 거라

는 아쉬움이 있습니다. 고창의 문화는 고창군민들과 고창을 찾아오는 사람들을 위한 공공재이기 때문에 군민들의 적극적인 관심과 후원이 있어야 후대에까지 잘 이어진다고 생각합니다. 동리정사 복원 시 군민들의 작은 후원들을 모아 벽돌 한 장 쌓기부터 했으면 더 좋았을 것이다. 이러한 의견을 낼 기회가 주어지지 않았다는 점이 무척이나 아쉽습니다.

민선 8기에 바라는 정책, 시책, 민원

고창의 무형문화유산을 대표하는 고창농악, 판소리, 풍류 음악 활성화 정책이 수반되었으면 합니다. 고창농악축제, 동리국악축제, 아시아민속예술축제 등을 통해서 민속악의 한반도 첫 수도 고창을 만들었으면 합니다

내가 군수라면 하고 싶은 일이 있으신가요?

- 고창을 민속악의 중심도시로 만들고 싶습니다.
- 호남우도농악박물관을 만들고 싶습니다.
- 고창농악전수관에 가족 숙소를 만들어 전 세대가 함께하는
  농악 체험의 중심공간으로 만들고 싶습니다.
- 동리국악교실을 확장하여 가, 무, 악 일체의 교육이 가능하게 하고,
  동리예술단을 만들어 고창을 대표하는 전문예술단으로써의 역할을 해내고
  싶습니다.

개인적 소망과 목표가 있으시다면?

고창에 청년 예술인이 상주하여 안정적으로 활동할 수 있는 공간, 프로그램을 만들어 청년예술인들의 중심도시가 되게 하고 싶습니다.
낙후된 고창농악전수관 숙소동을 개선하여, 쾌적한 환경에서 사시사철 고창농악 전수, 체험이 이루어졌으면 좋겠습니다.

기타, 하고 싶은 말씀이 더 있으시다면?

고창의 무형문화유산 교육, 공연이 가능하도록 고창농악전수관 + 동리정사를 융합하는 1박 2일 프로그램을 만들어 시너지 효과를 극대화 할 수 있는 여건을 만들었으면 합니다. 특히 학교 체험학습과 접목해 전통예술 계승에 기여하도록 하였으면 합니다.

고창농악전수관,
전통문화예술학교 발표회

코로나19로 인해 방역 수칙을 준수하여 수강생들로만 이루어진 무관객 발표회로 진행되었으나, 수강생들의 멋들어지고 신명 나는 소리에 무대는 열기로 달아올랐다.

이날 4회차를 맞이하는 발표회에서는 판굿기초반을 포함하여 태평소반, 통북놀이반, 부포놀이반, 고깔소고반, 판굿중급반 수강생들이 뛰어난 실력을 입증했다. 고창농악은 '영무장' 농악이라 일컬어지는 호남 우도농악 전통의 맥을 그대로 잇고 있으며, 민속놀이와 마을신앙 및 세시행사 등으로 지역주민들과 함께 어우러져 전승되었고, 이에 대표적인 무화유산의 가치를 인정받아 1998년 전라북도 무형문화제 제7-6호로 지정됐다.

고창농악전수관은 문화재청이 선정하는 '우수 전수교육관'을 2020·2021년 연속 수상하였으며, 2021년 문화재청 공모사업에 선정된 고창군의 지원을 받아 농악의 심도 있는 전수를 위해 매해 전국의 수강생들을 모집해 전통문화예술학

고창농악전수관에서는 지난 9일 고창농악전통예술학교 수강생들이 한 해 배워온 고창농악 발표회를 열었다.

교 강습을 진행하고 있다.

유기상 군수는 "지속적인 무형문화유산의 보존과 전승 기반 마련을 위해 국가무형문화재 승격을 추진 중"이라며, "오늘처럼 전국의 젊은 예술인들과 함께하는 고창농악전통예술학교를 통해 사람을 키우고, 지속 가능한 고창농악의 전승 기반이 마련될 수 있길 기대한다"라고 말했다.

- 안병철 기자, 전북을 바꾸는 힘!《새전북신문》, 2021년 9월 13일

08 고창동학농민혁명의 정신을 계승하는 "진윤식"

● 고창군 해리면
● 고창동학농민혁명기념사업회장

민선 7기 유기상 군수의 군정 평가

잘한 일 3가지

① 농기계 임대사업은 농민들에게 편리한 제도로서 작은 면적의 농민들에게 큰 도움을 주고 있어 크게 환영하는 바입니다.

② 고창동학농민혁명에 대한 인식은 우리 고창에서 학술대회를 꾸준히 진행해 왔던 연유로 학계 또는 교육계에서 인정된 결과로 보여집니다.

③ 손화중포 농민군들과 관련하여 성송 괴치의 손화중포 도인들이 선운사 도솔 암 미륵비기 탈취 사건과 관련하여 해리에서 선운사 도솔암 넘어가는 길을 활성 화시켜 노을대교가 개통되면 해리면소재지가 활성화 될 수 있는 방안이 마련되 어야 한다고 생각합니다.

아쉬운 점

고창군청 내에 역사사료보존실이 필요합니다. 무장면 과실재와 신왕초 중간 도 로 옆에 말무덤이 있습니다. 방치되어 있는데 그래도 유기상 군수님께서 역사문 화에 관심이 많으시니 관심을 가져주었으면 합니다.

민선 8기에 바라는 정책, 시책, 민원

동학학예사 충원을 당부드립니다.

내가 군수라면 하고 싶은 일이 있으신가요?

농악전수관에 숙소를 만들고 연중 발표대회를 유치하고 동리국악 교실을 확장 하고 동리예술단을 만들어 공연과 교육 활성화에 기여를 하고 싶습니다.

개인적 소망과 목표가 있으시다면?

고창 출신 전봉준 장군에 집중하다 보니 손화중 장군에 대해서는 소외된 것 같습니다. 손화중 장군이 고창에서 대접주로 활동하였고 전봉준 장군이 도움을 요청하여 동학농민혁명 무장기포가 가능하였습니다. 성송면에 있는 손화중 도소 복원과 재조명하는 데 노력을 다하고자 합니다.

고창군 동학농민혁명
성지화 박차

　고창군은 2일 동학농민혁명 성지화 사업 관련 기본계획 및 타당성 조사 용역 중간 보고회를 열고 무장기포지와 전봉준 생가 터를 기념공원으로 조성하고 손화중 도소 등을 연계한 근현대사 교육 벨트를 구축하는 동학농민혁명 성지화 사업을 추진한다고 밝혔다.

　군에 따르면 무장기포지는 무장기포역사관, 기포지와 수구막이 숲을 원형으로 복원하고 주변에 있는 수로와 하천을 이용하여 진입 광장과 힐링생태체험장, 당산나무 공원 등을 조성한다.

　전봉준 생가 터는 수(水) 공간과 장군 생가 터, 추모와 명상의 숲, 작고 아담한 생애기념관으로 탈바꿈한다. 이와 함께 (구)신왕초등학교는 체험학습관과 숙영지, 연못정원, 수려한 경관을 이용한 여시뫼동학농민혁명체험학습관으로 꾸미고 손화중 도소는 동학농민혁명과 손화중의 역사를 바탕으로 한 휴게 공간과 기념 공간을 조성해 동학농민혁명 체험 등 역사 문화유적지로 청소년들의 역사 교육과 체험의 장으로 활용할 방침이다.

　유기상 고창군수는 "동학농민혁명 발상지의 역사적 의미를 살리고 나아가 지역민의 소득에 보탬이 될 수 있는 성지화 사업을 추진하겠다"라며 "동학농민혁명 학술연구와 역사 탐방객이 체험할 수 있는 다양한 프로그램을 지속적으로 개발하겠다"라고 말했다.

- 임용묵 기자, 《전북도민일보》, 2021년 7월 2일

동학농민혁명의 시초인 고창 무장기포를 널리 알리는 역사관이 건립된다.

09 판소리 고장 소리꾼의 삶
"정호영"

● 고창군 고창읍
● 고창국악예술단장

민선 7기 유기상 군수의 군정 평가

잘한 일 3가지

① 높을고창카드 발급은 코로나19로 인해서 침체된 지역경제 활성화에 단비와 같은 큰 정책이었습니다.

② 고창동리정사 재연은 문화예술에 대한 관심과 동리정사 재현의 신념은 누구보다 강하셨다고 생각합니다. 유기상 군수님이 아니셨다면 동리정사의 재현은 우리 군민들의 바람으로 남아 있었을까 하는 생각이 듭니다.

③ 한반도 첫 수도 고창의 슬로건은 우리나라 대표적인 관광지로 자리를 잡는 데 아주 좋았습니다. 우리 관광 활성화와 풍족한 고창의 관광 문화를 활성화하는 데 이바지하셨고 인지도 개선에 높은 성과가 있었다고 생각합니다.

아쉬운 점

나는 고창군민이 된 지 11년이 되었습니다. 문화예술의 도시 그리고 국악의 성지인 이곳 고창에서 내 전공을 열심히 공부하며, 일하면서 많은 시행착오와 그리고 일자리 창출의 어려움 속에 살았습니다. 고창에서 1년만, 더 1년만 더 버텨보자 했던 시간이 어느덧 여기서 결혼을 하고 아이를 낳고 정말 이젠 뼛속까지 고창군민이 되었습니다. 저는 요즘 내가 살고 있는 이곳 고창이 살기 좋을 곳일 수 있겠다는 생각을 했습니다. 우리 고창이 참 좋은 곳이라고 당당하게 말할 수 있겠구나, 하고 생각을 했습니다. 그리고 점점 희망이 보이고, 이곳 고창의 발전이 기대가 됩니다.

민선 8기에 바라는 정책, 시책, 민원
대한민국 국민이라면 누구나 모두 어느 곳이든 어느 지역이든 같은 고민이라고 생각합니다. 고창의 젊은 청년들이 다 떠나고 있습니다. 젊은 청년들의 일자리 창출, 귀농귀촌, 농사 외에도 일자리가 많이 생겨서 젊은 청년들이 고창에서 남아 있을 수 있는 정책이 절실히 필요합니다.

내가 군수라면 하고 싶은 일이 있으신가요?
고창의 대표적인 관광지들이 더 홍보되고 지역 문화와 역사, 고창 경제를 살려 젊은 세대가 찾아오는 곳으로 만들고 싶습니다.

기타, 하고 싶은 말씀이 더 있으시다면?
기억나는 말이 있습니다. 고창군이 노을대교로 군민들에게 큰 이슈가 되었을 때 많은 사람들이 이야기를 했습니다. "누가 이뤄냈다", "어느 국회의원이 해냈다" 등등 서로가 본인이 만들어냈다는 말을 주위에서 너무 많이 들었습니다. 나는 고창이 노을대교 사업이 추진되면 더 많은 발전이 되겠구나, 하는 생각이 들 뿐 별 감흥이 없었습니다. 그러던 어느 날 가족들과 함께 군청 교차로를 지나는데 고창 군청에 큰 현수막이 눈에 띄었습니다. "함께 이뤄냈다." 순간 내 마음속에서 무언가 울컥하기도 하고 여러 가지 복잡한 감정에 휩싸였습니다. '함께'라는 말이 너무 따뜻했습니다. 점점 내가 살고 있는 이곳 고창에 희망이 보이기 시작했습니다. 아! 살기 참 좋은 곳이다.

'국악예술단 고창' 정호영 대표
판소리 고장에서 농익는 소리꾼의 삶

고창은 조선 후기 판소리 여섯 바탕 사설을 집대성한 동리 신재효 선생이 많은 명창과 함께 판소리를 영글게 한 곳이자 최초 여류 명창 진채선의 탄생지다. 이곳에 국악의 고장 고창을 알리는 데 힘쓰는 청년 국악인 단체 '국악예술단 고창'의 정호영 대표(33)가 있다.

우연으로 찾아온 운명

예술단을 이끄는 정호영 대표가 '소리'와 만난 건 우연이었다. 순창이 고향인 그는 초등학교 시절 방과 후 활동으로 배우던 가야금반에서 가야금병창을 시작한 것을 계기로 국악의 길을 걷기 시작한 것.

"가야금병창으로 국악에 입문했고, 예술중학교와 예술고등학교 입학 때까지 전공했어요. 그러다 고2 때 선생님께서 병창보다는 판소리를 더 잘할 것 같다고 말씀하셔서 전공을 바꿨죠."

뒤늦게 전공을 바꾼 탓일까. 대학에 진학했지만 금세 판소리에 대한 애정이 식고 모든 게 재미없게만 느껴져 방황했다. 그러던 그에게 고창이라는 새로운 기회가 찾아왔다.

"당시에 학교도 잘 안 나갔어요. 그렇게 방황하는 저를 지켜보던 학과 선배들에게 고창에서 예술 인턴을 뽑는다는 이야기를 들었죠. '취업을 해보자'는 생각으로 지원했고, 선발되어 고창에 오게 됐어요. 그게 스물두 살 때였네요."

고창의 매력에 빠지다

어린 나이에 아무 연고도 없는 고창에서 혼자 살기 시작했지만 조금씩 고창에 매료되기 시작했다. 함께 일하는 동료들과 만든 '국악예술단 고창'의 창단 단원이 되면서 낯설었던 고창을 좋아하게 됐다.

"처음엔 혼자 지내는 게 외로워서 매일 버스 타고 전주에 갔어요. 그러다 예술단에 소속되고, 고창에서 공연 등의 활동을 하면서 점점 정이 들더라고요. 고창

이 판소리와 국악을 하는 사람에게 얼마나 중요한 곳인지 알게 되었고, 국악과 소리 공부도 더 열심히 하게 됐어요."

고창이 국악인들에게는 의미 있는 곳이지만, 정작 주민들은 그 중요성을 잘 모르는 것 같아 안타까웠다는 예술단원들. 어떻게 하면 국악을 쉽고 재미있게 알릴 수 있을까 고민하다 일반 대중이 친근하게 느낄 수 있는 퓨전 국악을 선보이고 있다. 날씨가 좋을 때면 종종 거리 공연도 펼치며 인근 주민에게 더욱더 가깝게 다가가고 있다.

"고창 국악뿐만 아니라 고창읍성 같은 대표 유적지 등을 담은 국악 뮤지컬 공연도 하고 있어요. 한옥 자원 야간 상설 공연으로 〈新 도리화가〉를 했었고, 매년 정기연주회 〈고창8경〉도 선보이고 있어요. 특히 어린이 국악 뮤지컬 〈못난이 모로〉는 고창 캐릭터 '모로'를 주인공으로 한 이야기로 전석 매진을 이끌기도 했습니다."

국악으로 전하는 이웃 사랑

그의 고창 사랑은 고창 국악을 알리는 것에 그치지 않는다. 초등학교 방과 후 학교에서 어린이들에게 대금과 피리, 판소리 등의 국악을 가르치면서 고창 국악의 명맥이 끊이지 않게 하는 데 일조하고 있다.

어린 시절부터 어머니와 함께 봉사활동을 다니곤 했다는 그는 지금도 종종 요양원이나 경로당, 복지회관 등에 찾아가 국악 공연으로 지역 어르신들의 벗이 되고 있다.

"가장 기억에 남는 봉사활동은 요양병원 봉사였어요. 노래를 부르면 어르신들이 모두 아이처럼 좋아하시는데, 그중 어떤 할머님이 너무 좋다면서 우시더라고요. 우는 모습을 보면서 노래 부르다 결국엔 저도 같이 울면서 공연했던 적이 있어요."

고창만의 이야기를 스토리텔링 하여 판소리 노랫말로 담아내고 뮤지컬로 극화해 공연하기에 여념이 없는 정호영 대표. 고창을 대표하는 '소리꾼'이 되는 것이 국악인으로서의 목표라는 그의 말에서 다부진 소리꾼의 기백이 엿보인다.

- 글·사진 얼쑤 전북, 전라북도 도청홍보지 《얼쑤 전북》, 2019년 3월호

10 7대째 이어온 옹기 명인 "배수연"

- 고창군 고수면
- 고창옹기 전수자

민선 7기 유기상 군수의 군정 평가

잘한 일 3가지

① 식초문화도시를 꼽고 싶습니다. 아직은 식초에 대한 주민들의 낯섦이 있지만 저는 분명 식초가 인류 건강에 최고의 식품이 되리라 생각됩니다. 특히 기업형이 아닌 지역 브랜드 식초가 소비자들에게 더 신뢰성을 줄 것이라 확신합니다.

② 농민수당은 어려운 우리 고창군 재정 여건으로 어려울 것으로 생각되었지만 이 정책을 실천함으로써 농민들의 고통을 보듬어주었습니다.

③ 노을대교는 고창의 해묵은 숙원사업을 속 시원히 풀어주었습니다. 노을대교 유치로 지역 발전에 기대가 됩니다.

아쉬운 점

코로나19 시국이라 고창군 축제와 행사들이 축소되거나 취소되고 있어 볼거리가 줄어든 것 같아 아쉽습니다. 농업 관련 지원 사업은 많은데 전통 공예 부문은 지원이 많지 않은 것 같아 아쉽습니다.

민선 8기에 바라는 정책, 시책, 민원

문화관광이나 전통 공예와 예술 부문에도 더 많이 지원하는 정책을 펼쳤으면 좋겠습니다.

내가 군수라면 하고 싶은 일이 있으신가요?

① 고창버스터미널에 더 많은 지역 노선을 확대하여 더 많은 관광객들이 고창을 쉽게 방문하여 관광산업이 활성화하는 데 심혈을 기울일 것 같습니다.

② 고창군 출산율을 높이기 위해 출산수당을 확대하여 인구 감소에 대처하고 싶습니다.

③ KTX 역 유치에 노력을 다 하고 싶습니다.

④ 고창군은 문화유산들이 많은데 이런 문화유산들에 대한 유지 보수에 관한 지원을 확대하겠습니다.

개인적 소망과 목표가 있으시다면?

저희는 7대째 전통을 유지하고 있고 앞으로 고창군에 남아 대대손손 전통을 유지 계승하는 데 최선을 다하고자 합니다.

세월을 빚다,
옹기를 빚다

전라북도 고창 장암 마을은 옹기마을로 유명한 곳. 흙이 좋아 예전에는 마을 사람들 모두가 옹기를 만들었다는데, 점점 사라지고 지금은 단 한 곳에서만 옹기를 만들고 있다.

그 주인공 배수연 씨. 아버지와 할아버지, 그 윗대에서부터 만들어왔던 옹기 집안에서 7대째 옹기를 빚고 있다.

어릴 때부터 흙을 만지고 자라 흙이 장난감이자 친구였던 그녀는 도예과에 진학, 중국 유학 중이었지만 어느 날 갑자기 아버지가 뇌졸중으로 쓰러지면서 할 수 없이 유학을 접고 고향으로 돌아와 아버지의 뒤를 잇기 시작했다고.

그런 딸을 지켜보는 어머니 조옥자 씨는 마음이 아팠지만 어차피 해야 할 일이고, 본인이 원해서 하는 거라면 최선을 다해 도와주기로 마음먹었다.

전통 방식 그대로 직접 만드는 무공해 유약과 전통 방식의 원리는 그대로 살리면서도 효율을 높인 현대식 가마 그리고 수연 씨의 손끝에서 빚어지고 완성되는 옹기. 다소 투박하지만 무엇보다 좋은 그릇, 자연을 담고 정성을 담아낸 손길에서 태어난 그릇 옹기와 묵묵히 옹기를 빚는 배수연 씨를 만나본다.

- 연합뉴스TV, 〈미니다큐〉 2020년 7월 18일 8시 방송

세월을 빚다 옹기를 빚다

배수연
전통옹기 7대 전수자

옛날에 옹기토가 많이 매장돼있어서
마을 전체가 옹기마을을 형성하게 되었거든요

3

잘사는 고창!
미래의 고창을 설계한다

11 전문 농업 경영인 "오만종"

- 고창군 공음면
- 전북농업마이스터대학 블루베리 전공
- 젤존베리팜 대표

민선 7기 유기상 군수의 군정 평가

잘한 일 3가지

① 저는 농기계 배달 제도가 가장 잘하신 일 중에 하나라고 생각합니다. 공무원은 예산을 확보하여 시행하는 조직인데, 고창군 지역별로 나누어 빠른 시간 내에 배달해주고 회수까지 하는 농기계 배달 제도는 농민들에게는 커다란 서비스가 아닐 수 없습니다.

② 높을고창 통합 브랜드는 고창의 자존심을 지켜주는 정책이라고 생각합니다. 농협, 황토배기 유통, 농업회사, 영농조합, 개인 농가에서 수많은 브랜드를 만들어 판매하였지만 좋은 품질임에도 브랜드 차별성이 없어 낮은 가격으로 판매하였는데, 통합 브랜드가 나와 높은 가격은 물론 향후 농민들은 좋은 농산물만 생산하여도 판로가 확보되는 길을 만들어서 좋은 성과로 뽑고 싶습니다.

③ 황토배기 유통을 정상화하는 시작부터 잡음이 많았고 해결의 실마리도 보이지 않았는데, 다행히도 정상화를 향해 달려가고 있는 것 같아 기대가 됩니다.

아쉬운 점

농민들은 성수기가 되면 외국인 인력을 높은 가격에 어쩔 수 없이 구하게 됩니다. 전국적인 현상이기는 하겠지만 원칙대로 관리를 강화하면 다른 지역으로 빠져나가고, 허술하면 무질서한 횡포가 자행되고 있어 인력소개소와 상생하는 정책이 실현되었으면 좋겠습니다.

민선 8기에 바라는 정책, 시책, 민원

농민수당을 확대하고 싶습니다. 물론 고창군 자체 예산으로는 힘들겠지만, 군비

+ 도비 + 국비가 상호 매칭으로 이루어진다면 가능하리라 봅니다. 그리고 농민 수당을 연 120만 원씩 개인당 지급해야 젊은 농업인들이 많이 생길 것으로 생각 됩니다.

내가 군수라면 하고 싶은 일이 있으신가요?

개인적 소망과 목표가 있으시다면?
안정적인 농사를 계속 지었으면 좋겠는데 수박 농가들이 증가하고 있고 온난화 와 농업 품종 기술 발달로 대체 과일이 증가하고 있어 걱정이 됩니다.

유네스코 생물권보전지역에서 생산되는 청정 '고창 블루베리' 인기

행정구역 전체가 유네스코 생물권보전지역으로 등재된 전북 고창군에서 생산되는 청정 블루베리가 소비자로부터 인기를 끌고 있다.

27일 고창군 농업기술센터에 따르면 블루베리는 6월에서 7월 사이에 생산되는 초여름 과수로 한때 전국적으로 큰 열풍이 불어 많은 면적에서 재배됐다. 고창군에서도 120ha까지 재배가 확대됐으나, 과도한 재배 면적 증가로 가격이 급락하면서 정부의 FTA 피해 보전 직불금 지원 대상에 포함됐다.

고창군에서 블루베리를 재배하는 으뜸베리촌 서이석 농가와 젤존베리팜 오만종 농가는 그동안 블루베리에 쏟은 열정과 애정 때문에 블루베리를 폐원하지 않고 생산을 지속할 방법을 강구하던 중에 3중 가온을 통한 조기 출하로 지난 11일 첫 출하를 성공적으로 이뤄냈다.

고창군에서 조기 가온을 통해 생산되는 블루베리는 약 2.5ha에서 10여 톤을 생산할 계획으로 가격도 4만~4만 5,000원/kg 선으로 높게 형성되고 있다.

27일 블루베리 생산 출하 현장에 방문한 전북농업기술원 김학주 원장은 "블루베리는 기능성 건강식품으로 소비자에게 인기가 높고, 특히 냉동과가 아닌 생과를 조기 가온을 통하여 생산하여 틈새시장을 개척하는 열정적인 모습이 감명 깊었다"라면서 "청정 고창 블루베리의 브랜드화를 위해서 더욱 노력해달라"라고 당부했다.

- 김경락 기자, 《로컬세계》, 2018년 4월 27일

12 고창군 기업인협회장 "김종학"

● 고창군 부안면
● 참바다영어조합법인 대표

민선 7기 유기상 군수의 군정 평가

잘한 일 3가지

① 일자리 창출에 커다란 기여를 했다고 생각합니다. 특히 부안면의 복분자농공단지 분양 완료로 많은 고용 창출은 지역경제에 이바지하고 인구 감소를 둔화시키는 계기가 될 것입니다.

② 노을대교 국기 계획에 반영하여 확정 지은 성과는 해묵은 과제를 해결한 느낌이며, 비로소 미래에 다가올 새만금 시대에 발맞추어 고창의 새로운 역사가 시작될 것입니다.

③ 황토배기유통센터의 정상화는 우리 기업인들에게는 함께 동력이 물려가는 느낌입니다. 농업인들의 피땀 어린 투자가 꼭 소기의 성과로 이어지길 기대합니다.

아쉬운 점

고창읍은 역사와 문화가 공존하는 관광도시입니다. 그러나 도시 미관이 변하지 않고 건물만 늘어나고 높아지는 현상이 발생하고 있습니다. 특히 가로변의 잡초가 무성하고 정비가 제때 이루어지지 않은 것 같아 좀 더 신경을 쓰셨으면 합니다.

민선 8기에 바라는 정책, 시책, 민원

① 관광산업 활성화를 위해서는 미래를 내다보고 준비하고 투자하면 좋을 것 같습니다. 관광지만 있다고 관광 수입이 늘어나는 것이 아닐 것 입니다. 특히 주중에 관광객을 유치하려면 컨벤션센터, 대형 호텔이 건립되어야 각종 행사, 포럼,

연수가 이루어집니다. 그리고 관광 수입이 일정하여 관광 관련 산업이 활성화됩니다. 꼭 유치되길 기원합니다.

② 부안면, 흥덕면, 고수면 등 산업단지와 농공단지가 들어서면서 인력 수급에 차질이 많이 생길 것 같습니다. 국내는 물론 외국 인력을 연수 성격으로 하여 안정적인 일자리가 확보되어야 합니다. 인력 수급 정책이 절실합니다.

개인적 소망과 목표가 있으시다면?

① 김치산업은 무궁무진하다고 생각됩니다. 고창군의 청정 농수산물을 바탕으로 김치 세계화를 위한 공장과 생산 라인을 구축하고 싶습니다.

② 순수 고창 토종 기업으로서 성공 모델이 되어 지역사회에 기회가 될 수 있도록 노력하겠습니다.

참바다영어조합법인 김종학 대표,
대한민국 중소기업인대회서 정부산업포장 수상

참바다영어조합법인 김종학 대표이사가 지난 7일 열린 '2021년 대한민국 중소기업인대회(중소벤처기업부 주최, 중소기업중앙회 주관)'에서 모범 중소기업인에게 수여하는 정부 포상인 '산업포장'을 수상했다.

김 대표의 산업포장은 산업훈장 다음 훈격으로서 정부 포상은 산업훈장, 산업포장, 대통령표창, 국무총리표창 등으로 구성된다. 선정 기준은 국가 발전 기여도, 창조적 기여도, 매출, 고용, 기술 개발 실적 등 다양한 부문에서 정성·정량 평가를 진행, 선정하여 수상하게 된다.

참바다영어조합법인은 지난해 연말 기준 매출 1,000억 원에 160여 명이 근무하는 회사로 지역에 본사와 4개의 공장(고창, 임실)을 운영하고 있다. 이들은 지속적인 성장과 함께 지역사회 발전을 위한 사회 환원에도 많은 노력을 기울이고 있는 것이다.

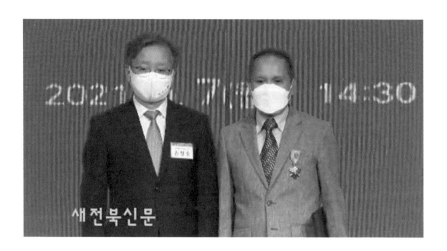

실제 매년 꾸준히 관내 불우이웃과 생활이 어려운 취약 계층을 위해 생산 제품 기부, 장학금 지급, 소외 계층을 위한 지원(연탄, 난방유, 소화기) 등 다양한 기부와 나눔 봉사를 실천하며 지난해 3억 2,000만 원을 사회 환원에 썼다.

김 대표는 "이번 수상은 참바다 임직원들이 모두 합심해 함께 만들어낸 성과다"라며 "앞으로도 지역사회 발전과 사회 환원을 확대하고 도내 중소기업들의 동반 성장을 위하여 적극 노력하겠다"라고 말했다.

대한민국 중소기업인대회는 중소기업 육성·발전에 공로가 있는 모범 중소기업인, 모범 근로자, 중소기업 육성 공로자, 지원 우수 단체를 선정, 포상하는 행사다.

- 안병철 기자, 전북을 바꾸는 힘!《새전북신문》, 2021년 6월 15일

13 전통 한과를 세계 속으로
"조해주"

● 고창군 고창읍
● 사임당푸드 대표

민선 7기 유기상 군수의 군정 평가

잘한 일 3가지

① 한과를 만들기 위해서는 잡곡류가 필수 재료입니다. 농민들이 즐거워야 지역이 즐겁습니다. 농민수당은 금액을 떠나 농민이 존중받는 정책이어서 참 좋습니다.

② 고창식초문화도시 선포는 당장은 여파가 느껴지지 않을 수 있지만 결국 국민들의 소득수준이 향상되면서 건강이 우선되는 식품문화산업이 활발해질 것으로 개인적인 생각을 갖고 있습니다.

③ 높을고창 통합 브랜드와 노을대교를 마지막으로 뽑고 싶습니다. 기업 최고의 가치는 브랜드입니다. 브랜드 가치가 높아지려면 고품질이 뒤따라야 가능합니다. 거꾸로 좋은 제품을 갖고 있는데 브랜드 가치를 올리지 못하는 경우도 있습니다. 고창의 농수산물이 백화점이나 유통센터에서 높은 가격을 받는 이유는 좋은 제품에 고창의 청정 이미지를 겸비했기 때문이라고 생각합니다. 그리고 추가로 노을대교는 고창의 미래입니다.

아쉬운 점

저희 한과 업체는 수작업이 많이 필요한 곳입니다. 그리고 마진폭이 적기 때문에 고효율 저임금이 뒷받침되어야 경쟁력을 가질 수 있습니다. 고창 지역의 인력난은 심각합니다. 그리고 장기간 숙련공이 필요합니다. 정책적인 방침이 세워졌으면 좋겠습니다.

민선 8기에 바라는 정책, 시책, 민원
안정적인 외국인 인력을 확보하여 농민 및 중소기업에 싸게 공급하는 정책이 필요합니다.

개인적 소망과 목표가 있으시다면?
① 자동화 설비를 구축하여 경쟁력을 확보할 수 있는 여건을 만드는 데 노력하고자 합니다.
② 시설 장비 교체 정부 지원 사업이 부활되길 희망합니다.

기타, 하고 싶은 말씀이 더 있으시다면?
청년 뉴딜 일자리 사업 지원을 받았으면 좋겠습니다.

전북경제 '여풍' 주역 여성 기업을 만나다
사임당푸드(영) 조해주 대표

우리나라 전통과자인 '한과' 중 정과와 매작과만큼은 누구와 견줘도 뒤지지 않을 자신 있다는 사임당푸드(영) 조해주 대표. 2003년 경기도 부천에서 한과업계에 첫발을 내디딘 뒤 이듬해 시댁인 고창군 고창읍 태봉로로 내려오면서부터 지금까지 '약식동원(藥食同源, 약과 음식은 그 근원이 같다)'의 원칙을 고수하며 '한과 외길'을 걷고 있다.

그는 "명절 때면 시어머니가 만들던 유과, 정과류를 어깨너머로 보고 배우다 보니 어느 순간 평생의 업으로 삼게 됐다"라며 "특히 손이 많이 가는 정과류를 보면서 음식에 대한 정성에 매료됐다. 그때부터 우보천리(牛步千里)의 마음으로, 전통을 계승한다는 자부심으로 사임당푸드만의 한과를 만들고 있다"라고 말했다.

첫 시작이 음식에 대한 정성인 덕분인지 무작정 찾아간 경동시장 내 한과업체들 중 한 곳과 바로 계약을 체결, 이 인연을 18여 년 동안 이어오고 있다. 첫 방문에서 그 누구의 도움도 없이 제품을 인정받은 것으로, 조 대표는 그날을 잊을 수 없다면서 옛 기억을 떠올렸다. 물론 거래처를 확대하기 위해 이후 찾아다닌 수많은 한과업체, 폐백업체 가운데 문전박대를 하는 곳도 있었지만 이는 일부였을 뿐, 결국은 한과업계의 선도 업체라 할 수 있는 담양한과, 창평한과에 납품을 성사시키면서 빠르게 자리를 잡을 수 있었다.

조 대표는 "건강에 이로운 음식을 만들겠다는 원칙으로 우리 몸에 유해할 수 있는 첨가물은 일절 첨가하지 않고 재료 본연의 맛을 최대한 살리다 보니 제품을 인정받았다. 입소문이 나면서 해마다 꾸준히 성장해온 것 같다"라며 "정직하게 기본에 충실했다는 점이 사임당푸드의 경쟁력으로 작용한 셈이다"라고 말했다. 그뿐만 아니라 연근, 도라지, 사과 등으로 만든 정과를 주력 품목으로, 틈새시장을 공략한 조 대표의 전략도 한몫했다.

정과는 각종 과일이나 연근, 당근, 인삼 등을 꿀이나 설탕에 재거나 조려서 만든 한국 고유 과자류의 총칭으로, 주재료마다 특성이 달라 만드는 과정이 조금

몸에 건강한 음식을 원칙으로 첨가물 없는 한과 인정받아 소비자 입맛을 저격한 정과 성공떡 제품 효자 품목 자리 잡아 최근 시설 화재로 위기 봉착 '쌀 가공업체로 재도약할 것'

씩 다른 만큼 조 대표는 이를 위해 수많은 시행착오를 겪어야만 했다. 더욱이 다른 한과업체와의 차별화, 사임당푸드만의 경쟁력을 갖추기 위해 소비자들의 입맛에 맞는 재료를 선택, 남들이 만들지 않는 재료로 정과를 만들면서 확고한 입지를 다졌다. 여기에 기계를 다루는 남편의 도움으로 사임당푸드만의 생산 설비를 구축, 이는 생산력 향상을 주도하며 경쟁력으로 작용했다.

이 덕분에 모든 과정이 수작업으로 이뤄져 수량을 늘리는 데 한계가 있는 매작과 등의 생산력을 높여 더 많은 거래처를 확보할 수 있었다고.하지만 한과만으로는 기업을 성장시키는 데 한계가 있었던 만큼 조 대표는 2013년쯤 '떡'으로 눈을 돌려 제품을 개발, 이제는 오메기떡, 찹쌀떡, 두텁떡 등이 사임당푸드의 효자 품목으로 자리 잡았다. 특히 프리미엄 모싯잎오메기떡은 한국사회적기업진흥원 스타 상품으로 선정, 대형마트 등 여러 유통 채널을 통해 소개, 홈쇼핑 방송에 입점해 여전히 인기를 끌고 있다.

조 대표는 "한과 생산 라인은 물론 떡 공장 역시 HACCP(농산물조림류 제

2014-808호, 떡류 제2014-809호)과 CLEAN 사업장 인정을 받아 철저한 위생 관리를 실시하면서 대형 유통업체와의 거래가 가능했다. 식품은 가장 안전해야 할 제품이기에 원재료부터 소비까지 전 과정을 위해 요소를 중점 관리하고 있다"라며, "특히 떡은 기본 재료를 듬뿍 넣어 푸짐하고 당도를 낮춘 저당으로 담백한 맛을 살리다 보니 남녀노소에서 인기가 많다"라고 말했다. 하지만 그동안 사임당푸드가 구축한 시설이 지난해 화재로 인해 한순간에 사라져버렸다. 더욱이 추석을 코앞에 두고 일어난 일로, 사임당푸드가 설립된 이래 최대의 위기에 봉착했던 것. 그렇다고 주저앉아 있을 수만은 없었던 조 대표는 빠르게 사태를 수습했다.

그는 "공장과 저온창고 모두 눈앞에서 사라져버렸다. 하지만 절망할 시간도 없었다"라며 "사임당푸드만이 만들 수 있는 제품이었던 만큼 주문받은 물량을 어떻게 해야 할지에 대한 생각부터 했던 것 같다. 그래도 그동안 신뢰를 쌓아온 덕분인지 다른 업체의 도움으로 겨우겨우 물량을 맞췄던 것 같다"라고 말했다. 하지만 그 여파는 여전히 진행 중으로, 임시로 빌린 공장에 필요한 생산기계 일부를 수소문해 설치하고 핵심 기계는 조 대표의 남편이 밤을 새워가며 새롭게 구축하고 있다.

새로 짓는 공장이 완공될 때까지는 어쩔 수 없는 선택으로, 이는 거래처와의 신뢰를 저버리지 않기 위함이다. 하지만 공기를 앞당겨 다음 달 완공, 이를 기점으로 사임당푸드의 2막을 열겠다는 계획에 차질이 생겼다면서 조 대표는 인상을 찌푸렸다.

그는 "화재라는 예기치 못한 사고에 따른 위기로, 사임당푸드가 그동안 쌓아온 경쟁력은 그대로임에도 금융 지원 기관이나 지자체에서 원칙만을 내세워 보증서 발급이나 지원을 거절하더라"라며 "모든 기업의 사정을 다 봐줄 수는 없지만 그동안 꾸준히 성장하고 일자리를 창출해왔는데 정말 야속하다. 기업이 어려울 때 손을 내밀어줘야 하는 것 아닌가"라면서 씩씩한 모습을 보이던 조 대표의 목소리가 가늘게 떨렸다. 그러면서 이제는 오기로라도 이 위기를 반드시 극복, 사임당푸드의 저력을 다시 보여주겠다는 굳은 의지를 보였다. 이어, 무엇보다 어려운 시기에도 떠나지 않고 곁을 지켜준 직원들과 긍정의 에너지를 건네준 남편에 대한 고마움을 전했다. 이런 힘을 토대로 전북을 대표하는 '쌀 가공 전문 업체'로 성장해 나가겠다는 청사진을 그렸다.

조해주 대표는 "불이 난 자리는 불같이 일어난다는 말이 있지 않느냐. 그 말을 믿어 보기로 했다"라고 웃으며 "사임당푸드의 재산은 우리만의 제품과 직원들에게 있다. 불이 나 공장은 사라졌지만 레시피와 직원은 그대로지 않으냐"라고 말했다. 이어 "오는 7월 공장이 완공되면 쌀 과자 생산까지 준비, 쌀 가공 업체로 재도약할 것"이라며 "지금까지 그랬듯 전통을 지키고 건강한 음식을 만든다는 자부심으로, 사임당푸드만의 길을 걸어가겠다"라고 강조했다.

- 김성아 기자, 《전북중앙》, 2021년 6월 15일

14 발효 장류 명인 "김효심"

● 고창군 해리면
● 효심당 대표

민선 7기 유기상 군수의 군정 평가

잘한 일 3가지

① 높을고창 통합 브랜드는 타 지방자치단체에서는 주로 슬로건 또는 행정 심벌로 활용하지만 우리 고창군은 군민에게 자긍심을, 지역 상품은 가치 있게 표현한 것 같아 마음에 듭니다.

② 노을대교는 명칭도 좋고 오랜 숙원 사업을 해결하였을 뿐만 아니라, 고창 문화관광과 산업을 발전시키는 미래를 기약하는 계기가 될 것입니다.

③ 식초문화도시 선포는 고창군 농업의 100년 먹을거리를 확보하는 데 큰 성과라고 생각합니다. 지금 당장 식초산업은 미약하나 결국 국민 건강식품의 한자리를 차지할 것 같습니다.

2장 | 군민이 군수다!

아쉬운 점

① 빠른 시일 내 정상화는 물론 전국 최고의 귀농귀촌 1번지의 명성을 찾았으면 합니다.

② 귀농귀촌인들의 사후 관리 체계를 면밀히 정책화하였으면 좋겠습니다.

민선 8기에 바라는 정책, 시책, 민원

① 귀농귀촌 상담센터 활동을 강화하여 귀농귀촌인들이 원만히 정착하고 현지 민들과 융화하여 함께 잘사는 고창군 귀농 정책이 뿌리 내리기를 소망합니다.

② 귀농인들에게 토지, 주택 등 정보 제공을 단일화하고, 이에 따른 구입 편의를 제공하여 귀농귀촌인 유입에 성과를 이루었으면 합니다.

내가 군수라면 하고 싶은 일이 있으신가요?

① 전통음식연구회와 지역축제가 융복합하여 시너지 효과를 낼 수 있도록 하는 정책을 발굴하여 실현하고 싶습니다.

② 품격 있는 전통 음식 거리를 조성하여 고창다운 음식점을 집중 육성하고 싶습니다.

고창군 전통 장류 체험장 효심당의 6차 산업 이야기

인천에서 유난히 사이가 좋아 늘 붙어서 살고 있던 김효심, 김민선 우리 두 자매는 언니의 건강이 좋지 않아 귀촌을 결심하면서 2년 가까이 서해안을 따라 오르내리며 살고 싶은 고장을 찾아야 했지요.

2005년 그때만 해도 귀농귀촌에 대한 정보가 많지 않아 우리 두 자매는 주말마다 1박 2일 여정으로 공기 좋고 물 맑고 개발의 염려에서 좀 멀리 떨어진 귀촌할 곳을 찾아다니던 중 우연히 고창 친척집에 들러 하룻밤 머물게 되었고, 친척분이 고창의 5일장을 구경 가자고 하여 따라나섰다가 마음에 든 마을을 찾게 되었는데, 바로 해리면 평지마을이랍니다.

인천에서 평생 아파트 생활을 하던 우리 자매의 처음 꿈은 푸른 잔디가 깔린 한옥이었죠. 마침 고창엔 한옥을 지으시는 도편수 어른이 계셔서 건강에도 좋고 멋스러운 우리 한옥을 짓게 되었답니다.

그런데 귀촌한 우리 자매가 농사도 지을 줄 모르고, 농촌에서 할 수 있는 게 별로 없던 차에 어느 날 점심때 풋고추를 된장에 찍어 먹다가 인천에서 20여 년간 담가 먹었던 된장을 만들어보기로 했죠.

처음의 부푼 꿈은 많은 양을 만들어보지 못한 경험 부족으로 실패하면서 우리 두 자매를 공부와 연구로 이끌어가게 하였답니다.

농업기술센터, 농업기술원, 농촌진흥청의 다양한 교육을 통해서 우리 전통 장의 가장 맛있는 맛을 찾게 되면서 우리들만의 기술을 확보할 수 있게 되었지요. 우리 자매에게 처음엔 장을 만들어 파는 단순한 일에서 차츰 장류 교육으로 이어지고 마을 사업을 하시는 분들께 기술 전수를 해주는 일까지 맡게 되었지요.

우리 효심당의 주 재료인 고춧가루는 직접 농사를 짓고 메주에 들어가는 콩은 마을 분들과 계약 재배로 전량 수매를 하고 부족한 부분은 귀농인들과 면 농협을 통해 수매를 하고 있어 마을 분들의 수입에도 작은 기여를 하게 되었답니다.

이렇게 해서 효심당의 정성이 담긴 된장, 간장, 고추장, 청국장이 탄생하게 되

었답니다.

어느덧 효심당의 장맛이 소문이 나고 사계절 아름다운 평지마을의 농촌 풍경
이 여름 홈스테이로 이어지게 되면서 여름이 되면 농촌의 생활을 피부로 느끼면
서 생활하는 농촌 체험 홈스테이 프로그램이 인기 폭발~.

가족 단위를 기본으로 지인들과 한 팀을 이루어 많게는 네 가족이 함께 와서
즐거운 농촌 생활을 함께하기도 하지요.

"체험은 늘 즐거운 법이죠~"

밤이면 요리에 관심 있는 사람은 모두 모여 장아찌 담그는 재미에 빠지고.

6월이면 보리수 달콤한 열매 따기, 더운 여름 한낮에 고추 따기를 몸소 체험하
면서 우리 농산물에 대한 감사한 마음 갖게 하지요.

바닷가 갯벌에서 시원한 바람 맞으며 보물찾기에 나서기도 한답니다.

잘 익은 참외도 선물로 받고 어느 것 하나 신기하지 않은 것이 없는 농촌 생활은 아이들에겐 잊을 수 없는 추억으로 남기에 충분하답니다.

흙을 만지고 씨를 뿌려 생명을 탄생시키는 경험은 아이들뿐 아니라, 어른들도 무척 즐거워하는 체험이랍니다. 놀다 가는 농촌 생활이 아니라, 풀도 뽑고 나르고, 잔디도 깎아보면서 도시에서 느끼지 못하는 진정한 농촌 생활을 체험하게 되지요. 체험 기간 동안 한솥밥을 먹으며 다른 가족들과 친해지는 건 덤이랍니다.

이렇듯 우리 농산물의 생산에서 가공, 판매, 마을의 수익 창출과 교육 및 선진지 견학장. 아름다운 우리 농촌의 풍경과 인심을 그대로 체험 관광으로 엮어내는 효심당은 농림축산식품부가 선정한 농촌융복합산업 사업자 예비 인증자로 선정되었지요.

우리 농촌은 건강한 먹을거리를 직접 생산, 체험하는 공간, 누구나 품어주는 어머니 같은 고향, 우리 농촌이 가지고 있는 무한한 가능성이 있어 오늘도 효심당의 6차산업 이야기는 계속 이어지고 있답니다.

- 블로그(http://blog.naver.com/minseon62)

15 복분자와 함께 살아온 "유윤상, 최영란"

● 고창군 고창읍
● 고창복분자마을 진농식품 대표

민선 7기 유기상 군수의 군정 평가

잘한 일 3가지

① 식초문화도시 선포- 고창복분자는 효능과 맛 등 명성이 뛰어나지만 그동안 술과 즙에 국한된 제품군으로, 고객층이 주로 중년이었습니다. 그러나 고창군이 '식초문화도시'를 선포하고 관련사업을 추진하면서 복분자 식초와 발사믹 식초를 널리 알릴 수 있었고 또한 젊은층 고객을 확보하는데 많은 도움이 되었습니다. 고창군민에게도 '찾아가는 식초교실'을 통해 식초교실을 알리고, 군민 건강에 이바지 할 수 있어서 좋았습니다.

② 높을고창몰- 고창군 고품질 농산물 통합브랜드인 '높을고창'이 만들어졌고, 청정지역 고창을 부각시켜 높을고창 브랜드와 고창의 식품들이 널리 홍보되고 판매할 수 있는 매개체가 생겨 너무 좋았습니다.

③ 농민수당- 농민수당으로 인해 농민의 삶의 질이 향상되고 농부가 농업에 대한 자부심을 갖을 수 있는 계기가 되는 촉매제 역할을 할 것 같습니다. 농업이 활성화된다면 저희처럼 지역 농산물을 기반으로 가공하는 업체에도 많은 도움이 되어 좋은 제도라고 생각합니다.

아쉬운 점
① 동우팜으로 인한 군민 간의 갈등이 많이 아쉽습니다.
② 복분자는 고창의 특산물인데 재배량이 줄고 수확량이 여러 해 동안 수급이 불안정하여 아쉽습니다.

민선 8기에 바라는 정책, 시책, 민원
① 복분자 재배, 생산, 판로 기반을 확대 조성할 수 있도록 지원 정책을 강화하면 좋겠습니다.
② 복분자 지역 가공업체에 복분자 원료 조달에 우선 공급하는 정책이 이루어졌으면 좋겠습니다.
③ 베리&바이오연구소를 통해 실질적으로 필요한 복분자식초와 복분자 제품 관련 연구를 많이 해주시면 좋겠습니다.
④ 식초문화도시에 걸맞게 재배, 가공, 문화, 체험, 관광까지 아우러져 사업이 확대되었으면 좋겠습니다

개인적 소망과 목표가 있으시다면?
앞으로 고창에서도 복분자 식품문화가 더욱 다양해지고, 식초문화도시로서 더욱 발전하여 진농식품도 고창군과 함께 복분자 발사믹 식초를 기반으로 사업이 꾸준히 성장하고 많은 사람들이 식초문화도시 고창을 찾는 계기에 이바지하고 싶습니다.

'강소농·경영지원사업' 전국 최우수상
강소농, 진농식품 최영란 대표

전북 고창군이 농촌진흥청 주관 '2020년 강소농·경영지원사업' 평가에서 2개 부문(우수강소농, e-비즈니스) 전국 최우수상을 수상했다.

우수강소농으로 뽑힌 진농식품 최영란 대표는 복분자 발사믹 식초 개발과 발효 자동화 시설 개선을 통한 경영비 절감, 온라인 홍보 마케팅 강화 등 식초산업 틈새시장 개척을 통한 소득화로 심사위원들의 높은 평가를 받았다.

e-비즈니스 분야에서 두각을 나타낸 김선향(고창읍) 씨는 농산물을 스마트 스토어와 페이스북, 밴드 등 온라인 채널을 통해 완판하는 탁월한 마케팅 능력을 보여줬다.

김씨는 농업기술센터에서 추진한 스마트 스토어, 1인 방송 교육 등 다양한 교육을 수료했고, 고창 정보화농업연구회 활동을 하면서 지역 농업인의 농장을 방문해 생산 현장 등을 촬영하고 SNS에 글을 올리며 고창 농산물을 홍보해왔다.

고창군은 e-비즈니스 우수 농가를 적극 육성해 내년 초 본격 운영될 지역 온라인 통합 쇼핑몰(높을고창몰)에 입점해 소득 창출의 기회로 삼아갈 방침이다.

고창군농업기술센터 담당자는 "정보화 시대에 발맞춰 농업인 스스로 농산물을 홍보하고 개인 온라인 마켓을 통해 유통, 판매까지 스스로 할 수 있는 e-비즈니스 농업인을 육성하는 데 노력하겠다"라고 밝혔다.

- 류정현 기자, 《Queen》, 2020년 12월 9일

16 세계 4대 식초도시를 꿈꾼다! "정일윤"

● 고창군 대산면
● 컨설턴트
● 식초발효식품 연구
● (사)한국발사믹식초협회 회장

민선 7기 유기상 군수의 군정 평가

잘한 일 3가지

① 식초문화도시는 기대가 됩니다. 우리 고창군에 꼭 필요한 사업이라고 생각합니다. 당장은 가시적인 효과가 없어 보일지 모르지만 가까운 미래에 큰 성과가 있을 것 같습니다.

② 노을대교 추진 확정은 쾌거가 아닐 수 없습니다. 지지부진하고 답답한 세월이 20년이 넘는 것 같습니다. 지역 인프라는 생길수록 발전합니다.

③ 농민수당은 농촌에 사는 농민들에게 커다란 배려이고 존중입니다.

아쉬운 점

앞으로 10년간 계속 맡은 바 임무를 수행하여 고창 발전에 큰 성과를 이루시길 소망합니다.

고창군 대산면,
한국 발사믹 식초를 만나다!

고창군 대산면사무소 직원들이 대산면 해룡리 대촌마을에 위치한 한국발사믹식
초협회(회장 정일윤)를 찾아 고창 식초에 대한 견문을 넓혔다.

대산면은 이번 방문을 통해 식초의 종류와 식초가 만들어지는 과정 등 식초에 대
한 이해 및 가치에 대해 보고 배우며, 식초문화도시 고창 사람으로서의 자긍심을
높였다.

한국발사믹식초협회는 국내 식초산업의 새로운 방향을 이끌고, 대한민국 시장
을 뛰어넘어 세계시장에 K-발사믹의 이름을 높이기 위해 창립됐다.

세계 40여 개국 1,000여 점의 식초를 전시하는 세계식초전시관과 현미상황금식
초, 와송식초 등 식초 제조실과 숙성실을 갖추고 있다.

- 안병철 기자, 《새전북신문》, 2021년 9월 12일

4

나눔과 봉사·기부의 한반도 수도 고창!

아름다운 세상을
꿈꾸는 사람들

17 민선 1, 2기 고(故) 이호종 전(前) 고창군수 부인 "현봉선"

● 고창군 고창읍
● 고 이호종 전 고창군수 부인

민선 7기 유기상 군수의 군정 평가

잘한 일 3가지

① 저는 나이가 들어서인지 건강관리에 관심이 많습니다. 완전식품이라 일컫는 식초를 식초문화도시로 선언하여 열심히 정책화하여 안착시키는 유기상 군수님의 정책을 최우선으로 꼽고 싶습니다.

② 노을대교는 예전에는 부창대교라고 하였는데 부안-고창군 비협력 관계에서 정치권의 선심 사항으로 끝나는 줄 알았더니 비로소 이 사업이 확정되어 그동안 이루지 못한 성과를 가져와 정말 다행이 아닐 수 없으며, 이 사업을 꼭 마무리하시길 당부드립니다.

③ 저는 전임 군수 부인으로서 공무원들의 노고에 항상 관심이 많습니다. 하지만 공무원들이 일이 많아 힘들다는 말을 자주 들어서 당부를 드리고자 합니다. 공무원이 행복해야 군민도 행복합니다. 일은 많아도 즐거움이 있어야 하며, 보람도 있어야 합니다. 군수님께서 꼭 챙기시길 당부드립니다.

아쉬운 점

고창군은 홀로 살아야 하는 지정학적으로 불리한 위치에 있는 지역입니다. 미래에 자녀들이 정주하면서 살 수 있는 여건은 꼭 깨끗한 환경만은 아닙니다. 자녀들이 100년 이상 먹고살 수 있는 환경을 기성 부모들이 책임을 가져야 합니다. 역사적으로 보면 호남선 철도, 대우자동차시험장, 흥덕항공단지 그리고 이번에 들어오는 동우팜 반대만이 능사가 아닙니다. 꼭 반대하는 사람보다는 군민 대다수 의견을 청취하여 의견이 맞는다면 밀고 가야 지도자로서 책임이 있는 것입니다. 당장 선거에 유불리하다고 적당히 타협하는 것은 온당치 않습니다.

민선 8기에 바라는 정책, 시책, 민원

민선 7기 정책이 기본 토대를 잘 잡았다고 생각합니다. 민선 8기는 혼란 없이 꾸준히 정책을 이어가 군민이 행복했으면 합니다.

개인적 소망과 목표가 있으시다면?

이호종 전 군수님의 유품 등을 전시할 수 있는 공간을 마련하였으면 하는 바람을 가져봅니다.

민선 1, 2기 고창군수를 역임한 이호종 전 군수 공적비 제막식

이호종 전 군수 공적비추진위원회(위원장 임동규)가 주관한 이날 제막식에는 이강수 군수, 박래환 군의장 및 군의원, 김춘진 국회의원, 임동규·오균호·김규령 도의원, 김호수 부안군수, 박찬문 고창교육장, 윤병헌 고창소방서장, 고두성 농협고창군지부장을 비롯한 관내 조합장, 김사중 고창부안축협장, 김인수 농어촌공사 고창지사장, 전종열 산림조합장, 박우정 고창군애향운동본부장, 정학수 전 농식품부 차관, 송영래 고창문화원장, 김정웅 고창예총회장, 라홍찬 고창군 노인회장, 관내 기관사회단체장, 공적비추진위원, 군민 등 500여 명이 참석했다.

이번 공적비 건립은 이호종 군수가 재임하는 동안 군민과 혼연일체가 되어 고창기능대학 유치, 고인돌 유적 세계문화유산 등록, 쌀 증산 시책 사업, 복분자산업 육성, 공설운동장 건립, 채무 없는 군 재정 기초 마련, 각종 국가 공모사업 유치 등 그의 업적들을 후대에 길이 알리고 이를 통해 고창군민의 대화합과 지속적인 군 발전의 기틀을 다지기 위해 추진했다.

이호종 전 군수는 인사말에서 "고창에서 태어나 고창에서 일할 수 있었음을 내 생에 최대의 영광으로 생각한다. 너무도 부족한 저의 공적을 높이 평가해주고 공적비까지 세워준 데 대해 몸 둘 바를 모르겠다. 평생 가족과 함께 감사하며 살겠다"라고 소감을 피력했다.

이강수 군수는 축사에서 "이호종 군수는 재임 7년 동안 헌신적으로 매진하여 고창 발전의 토대를 마련하는 등 1등 군수로 우리 기억 속에 남아 있다"라며 "이러한 발걸음을 거울삼아 저와 900여 공직자들도 고창 발전을 위해 노력할 것을 다짐드리며, 오늘의 뜻 깊은 제막식이 군민과 후임 공직자들에게 좋은 본보기가 되기를 기대한다"라고 밝혔다.

한편 이호종 군수는 1929년 고창군 성내면 신성리에서 태어나 성내초, 경기 중·고, 고려대학교를 졸업했다. 6·25전란에 참전하여 중대장으로 많은 전공을 세웠으며, 화랑무공훈장, 충무무공훈장 등 무공훈장을 네 차례나 받았다. 제10

이호종 전 군수 공적비 제막식이 5일 이호종 군수 재임 시 건립한 공설운동장 소나무 공원에서 성대히 열렸다.

대 국회의원, 대한체육회 사무총장·부회장, 민선 1, 2기 고창군수를 역임하였으며, 현봉선 여사와의 사이에 2남 1녀를 두었다.

- 김성규 기자, 《전북일보》, 2013년 6월 6일

18 고창장애인들의 '머슴' "정종만"

● 고창군 고창읍
● 고창군장애인복지관장

민선 7기 유기상 군수의 군정 평가

잘한 일 3가지

① 고창군 장애인 직업 적응훈련시설과 주간보호시설이 개관하였습니다. 두 시설은 장애인 가족과 보호자의 양육 부담을 줄여주고 이들이 원만한 사회생활과 경제적인 활동을 할 수 있도록 하고 있습니다.

또한 장애 정도가 심한 장애인, 특히 발달장애인에게 일상생활 훈련, 사회적응 및 직업적응 훈련, 재활 프로그램 등 훈련 중심의 역할을 담당하는 장애인직업적응훈련시설이 문을 열면서 장애인의 사회적 자립을 돕는 데 커다란 보탬이 되고 있습니다.

② 식초가 사람에게는 가장 좋은 완전식품이라고 들었습니다. 우리나라에는 세계 최고의 발효식품인 김치, 청국장, 젓갈, 전통 식초 등이 많습니다. 하지만, 식초문화도시인 지자체는 없는 것으로 알고 있습니다. 고창의 산, 들, 바다에서 나오는 농수산물로 식초를 만들어 제품화한다면 커다란 반향이 일어날 것으로 생각됩니다.

③ 고창은 농업이 주산업인데 농민들한테는 농업농촌 가치를 존중하는 의미에서 금액을 떠나 전북 최초로 농민수당이라는 좋은 제도를 시행해주신 것 같습니다.

아쉬운 점

① 장애인 체육 활성화를 위해 야심 차게 출발했지만 여러 가지 우여곡절이 있어 활동이 미흡하지 않았나 생각됩니다. 우리 장애인들의 체육활동은 비장애인들 체육활동보다 이동권이나 경제적 부담으로 어려움이 많습니다. 시설 및 경제적 지원이 많이 필요한 분야입니다.

② 청년들은 대한민국도 우리 고창도 일자리가 없고, 앞으로 살아갈 수 있는 비전도 없이 사각지대로 몰려 있습니다. 고창의 미래 청년들에게 역량 강화를 통해 새로운 일자리를 만들어 지역이 활기를 찾았으면 합니다.

민선 8기에 바라는 정책, 시책, 민원
① 장애인들이 체육활동도 참여하고, 시설프로그램도 이용하고, 중식까지 해결할 수 있는 지역에 장애인체육관이 건립되었으면 좋겠습니다.
② 최중증 장애인 돌봄 사업 활성화를 위한 인력 및 시설이 확충되길 기대합니다.
③ 사회복지시설의 인력충원과 종사자들의 처우가 개선되었으면 좋겠습니다.
④ 장애인들이 할 수 있는 일자리가 많이 만들어졌으면 좋겠습니다.

개인적 소망과 목표가 있으시다면?
장애인들이 가족이나 지역사회에서 차별받지 않고 당당한 사회구성원으로 살아가는 날까지 최선을 다해 지원하고 싶습니다.

고창군장애인복지관,
장애인 복지 서비스 확대 간담회

지역사회와 상생하는 장애인 생활복지 실현 도모

　고창군장애인복지관(관장 정종만)이 복지관 사무실에서 업무 협약을 체결한 11개 기관이 모인 가운데 고창군 장애인 복지 발전을 위한 간담회를 진행했다고 2일 밝혔다. 복지관은 '지역사회와 함께 상생하는 생활복지 실현'을 위해 유관 기관들과의 업무 협약과 함께 다양한 연계 사업을 진행하여 지역사회 장애인의 복지 서비스 확대를 위해 노력해왔다. 이번 업무 협약 기관 간담회는 '기관 간 협력 방안 모색을 통한 상호 발전 및 상생 도모', '고창군 장애인 복지 향상을 위한 연계 사업', '연계 사업 활성화와 협약기관 상생 발전을 위한 개선 사항' 등 지역사회 장애인의 복지 향상을 위한 내용으로 활발한 논의가 진행됐다. 정종만 관장은 "고창 지역 장애인의 복지 향상과 자립을 위해서는 지역사회가 관심을 가지고 참여할 수 있는 환경 조성이 필요하다고 말하며, 하반기에는 학계, 언론, 정치 분야 등 전문가들로 구성된 '고창군장애인복지 정책발전자문위원회' 운영 계획을 밝혔다. 간담회는 복지관을 비롯하여 고창군보건소, 고창군자원봉사종합센터, 고창군정신건강복지센터, 고창노인요양병원, 고창중증장애인자립생활센터, 고창특수교육지원센터, 전라북도발달장애인지원센터, 전북서부노인보호전문기관, 전라북도장애인권익옹호기관, JCI Korea 고창이 참여했다.

- 김종성 기자, 《전북연합신문》, 2018년 7월 2일

고창군장애인복지관,
자원봉사자·후원자 감사패 및 장학금 전달

복지관 위해 헌신한 자원봉사자와 후원자 감사패, 장학금 전달식

전북 고창군장애인복지관이 지난 22일 소회의실에서 복지관을 위해 헌신한 자원봉사자와 후원자에게 감사패와 장학금을 전했다.

고창군장애인복지관은 지난 2017년 8월 개관했다. 그간 자원봉사단체와 뜻있는 회원들의 적극적인 후원으로 지역사회 안에서 장애인 복지의 센터 역할을 톡톡히 해오고 있다.

이날 감사패는 우수자원봉사단체로 고창군여성단체협의회(회장 신미애), 우수자원봉사자 강월순 씨(고창녹즙), 우수후원업체 김정옥 대표(원할머니보쌈 고창점), 우수후원자 임정례 대표(금호산업)에게 전달됐다.

또 후원 사업으로 관내 학생 10명에게 장학금 50만 원씩을 고창사랑 상품권으로 전달했다. 장학금 대상자는 부모가 장애를 가졌거나 당사자가 장애인인 대학생, 고등학생, 중학생 중에 선정 기준에 따라 선발했다.

정종만 관장은 "코로나19로 모두가 힘든 시기에 함께 이겨내는 힘을 준 자원봉사자와 후원자에게 깊은 감사를 드린다"라고 말했다.

- 김성규 기자, 《전북일보》, 2021년 11월 24일

19 여성 친화 도시와 함께하는 숨은 봉사자 "송봉아"

● 고창군 고창읍
● 전(前) 고창군여성단체협의회장

민선 7기 유기상 군수의 군정 평가
잘한 일 3가지

① 기업 유치와 일자리 창출이 큰 성
과라고 생각합니다. 요즘 흥덕면소재
지는 예전과 다르다고 합니다. 선운산
도립공원 외곽도로가 생기고 서해안
고속도로 선운산 IC가 열리면서 흥덕
면소재지는 말 그대로 지는 해라고 할
수 있었는데 흥덕농공단지가 꽉 차

면서 상가들이 활성화되었다고 들었습니다. 고수산업단지가 속속 기업들이 들어
오면서 기대가 됩니다. 나머지 비워져 있는 산단도 빨리 가동이 되었으면 합니다.
② 저는 민선 7기가 들어서면서 기부문화가 정착되어가고 있는 느낌을 받고 있
습니다. 돈이 많다고 기부가 많은 것은 아닙니다. 기부는 더불어 사는 지역과 함
께 마음을 주고받는 것입니다. 이런 아름다운 기부문화를 만들어주신 것에 감사
하며, 계속 발전하였으면 좋겠습니다.
③ 동학농민혁명 교과서 수록에 대하여 칭찬드리고 싶습니다. 고창은 동학의 성
지입니다. 정읍과 동학농민혁명기념일을 가지고 몇 해 동안 갈등이 지속되었으
나 아쉽지만 종결되었습니다. 그러나 역사 교과서를 보면 고창 지역의 동학농민
혁명 관련 기록이 전무합니다. 정말 안타까웠습니다. 교과서에 한 줄 없이 기념
일을 가지고 싸우는 것이 정말 안타깝고 명분도 약했습니다. 이제 자라나는 학생
들에게 고창동학농민혁명에 대한 가치를 일깨워주는 것이 기념일 못지않게 중
요한 일입니다.

아쉬운 점

① 고창군 공무원들이 힘들게 일을 많이 시킨다고 이야기 들었습니다. 일을 조금 하면서 성과도 내고 고창군이 더 잘살 수 있도록 했으면 좋겠지만 그럴 수는 없고 좀 안타깝다는 생각이 듭니다. 군민을 위해서 피땀 흘리는 공무원들에게 조금이나 위로가 될 수 있도록 격려와 복지 증진에 힘을 써주었으면 좋겠습니다.

② 군수님이 아는 것이 많아서인지, 행정 경험이 많아서인지, 일 욕심이 많아서인지, 아니면 군민을 행복하기 위해서인지 공직자들은 쉴 틈이 없으니 말입니다. 하지만 민선 8기에는 공무원들이 즐겁게 성과를 낼 수 있는 환경을 만들어주시기 바랍니다.

민선 8기에 바라는 정책, 시책, 민원

① 고창의 젊은이들이 서울 및 대도시에서 집 때문에 정착을 못 하고 다들 부모한테 의지하는 것 같습니다. 청년들에게는 일자리를, 신혼부부들에게는 보금자리를 마련하는 정책을 우선했으면 합니다.

② 그리고 신혼부부들은 보육과 육아 환경이 타 지역보다 좋다면 떠나지 않을 것입니다.

내가 군수라면 하고 싶은 일이 있으신가요?

일자리 창출과 기업 유치라면 누가 뭐라고 해도 최우선 정책으로 밀고 나가고 싶습니다.

개인적 소망과 목표가 있으시다면?

여성 자원봉사 활동을 지속적으로 해보고 싶습니다. 어르신들을 돕는 것보다 어르신께 위안을 받는 느낌입니다.

기타, 하고 싶은 말씀이 더 있으시다면?

판소리 고장의 성지인 고창에 걸맞게 판소리 교육 및 판소리 체험을 활성화하는 데 더 노력해주시기 바랍니다.

고창 자원봉사 왕,
송봉아 회장

"타고난 DNA로 100세까지 씩씩하게 봉사하겠습니다. 가족의 응원도 덤으로 필요해요."

10여 년 전부터 전북 14개 시군의 자원봉사단체 경연대회에서 선두를 달리고 있는 고창군 여성자원봉사단체는 열정과 끼가 넘쳐나고 있다.그 때문에 청사 현관에 설치한 '고창군 명예의 전당'의 나눔과 봉사, 기부천사 부문에서 고창군여성자원봉사회, 그리고 송봉아(69, 사진) 여사가 등불이 되고 있다.

송 여사는 20년 전, 50세부터 봉사의 날개를 달고 800회 이상 이미용과 네일 아트 봉사자로서 불우이웃과 복지시설, 각종 단체에서 두각을 나타낸 것.그는 고창읍 모양동에서 5남매 중 장녀로 태어나 천북동에서 6남매 가운데 막내로 태어난 고창초등학교 동창인 김원철 씨와 8년간 기나긴 펜팔 끝에 결혼에 성공, 가정을 이루고 슬하에 두 아들을 두었다.

그의 왕성한 봉사활동은 군청에서 정년퇴직한 남편과 자녀, 며느리들의 적극적인 응원에 기인한 것. 그 결과 시어머니가 50세에 세상을 떠나자 그는 당시 후배였던 문인순 면장의 소개로 여성자원봉사회에 적극 가입하고 박정숙 회장과 함께 총무를 4년간 도맡은 뒤 2011년 회장까지 올랐다.

2012년 11월에도 고창군여성단체협의회(회장 송봉아)는 이틀간 공무원 부인회를 비롯해 주민생활지원과, 자원봉사자 등 100여 명과 함께 '이웃 나눔 김장 김치 담그기'를 실시해 김치 3,000포기를 읍면 소외 계층 400세대에게 전달하는 등 지역사회에 잔잔한 힘이 되었다.

고창군자원봉사종합센터에는 100여 개의 봉사단체와 60여 곳의 수요처가 만나서 보수교육을 시작으로 봉사와 여행의 볼런투어, 종교계와 추석 명절 음식 나누기, 전문 이동 봉사, 가족 봉사, 경로당 사업, 찾아가는 재능 봉사, 지역축제, 체육 행사, 선진지 견학, 청소년 자원봉사 프로그램 등을 꾸준히 실천하고 있다. 이에 대해 유기상 군수는 "예로부터 마을 공동체의 울력, 품앗이, 두레 등 서로 돕고 협력하는 아름다운 미풍양속이 있었다"라며, "자원봉사는 참여 자체만으로 우리가 실천할 수 있는 가장 고귀하고 값진 행위이며 사회의 아름답고 참된 화합을 이루어내는 원동력이다"라고 강조했다.

그 중심에서 묵묵히 봉사의 외길을 걸어온 송 여사는 "함께 뛰었던 이명희 재무에게 감사드린다"라며 "칭찬받을 때 더욱 힘이 나고 보람을 느낀다"라고 말했다.그는 아직까지 건강한 체력에 대해 89세 친정어머니의 팔팔한 DNA를 받아서 정열이 넘치며 가정의 평화가 중요하다고 강조한다.

과거 행정안전부와 도지사 표창 등으로 인정을 받았던 그는 최근 4세 손주를 보살피며 틈틈이 이미용과 네일아트 봉사, 그리고 노인 일자리 사업에도 동참하고 있다.

지금도 더 나은 봉사를 위해 바리스타 일을 배우고 싶다는 송 여사는 "코로나19로 인해 사람이 그립고 관리자의 안부가 더욱 궁금하다"라고 털어놓았다.

자원봉사 활동이 자발성과 자주성을 비롯해 이타성과 사회성, 공익성, 무급성과 무보수성, 계획성과 지속성 등을 갖춰야 되듯이, 이들은 매사 긍정적 생각과 타의 모범이 요구되며, 목적이 분명하고 순수함과 감사가 넘쳐야 한다는 것이다. 선배들이 떠나고 이제는 언니 자리에 앉은 송 여사는 끊임없이 공부하며 배움의 자세를 통해 나이는 숫자에 불과하다는 법칙을 실천하는 고창의 순수한 참봉사자다.

- 안병철 기자, 전북을 바꾸는 힘!《새전북신문》, 2020년 8월 11일

20 아이 키우는 세상이 즐거운 "최은미"

- 고창군 고창읍
- 아이세상어린이집 원장
- 고창군어린이집연합회장

민선 7기 유기상 군수의 군정 평가

잘한 일 3가지

① 저는 농업에 종사하지는 않지만 고창군은 농업을 기반으로 생활하는 학부모님들이 많아 고창을 떠나지 않고 조금이나마 혜택을 받는 여건이 좋습니다. 학부모님도 즐거워야 아이들에게도 영향이 있는데 좋은 정책이라고 생각합니다.

② 노을대교는 제가 어렸을 때도 부창대교가 곧바로 건립될 것처럼 선거철이 되면 등장했던 단골 공약 사업이었던 것으로 알고 있습니다. 항상 등장했던 사업이 확정되어 진심으로 감사드립니다.

③ 높을고창 통합 브랜드는 고창인들의 높은 자존심을 대변하는 것 같아 좋았고 실제로 성과가 이루어져 좋습니다.

아쉬운 점

① 아이들 웃음소리가 갈수록 줄어들어 안타깝습니다. 인구 증가의 가장 큰 역할은 기업 유치입니다. 모두가 잘 살 수 있는 여건은 일자리가 늘어 지역에 정주할 수 있는 토대가 되는데 매번 좋은 기회를 놓치는 고창군은 이제는 여건이 바뀌어야 합니다.

② 보육인 한마음대회 지원에 더 관심을 가졌으면 좋겠습니다.

민선 8기에 바라는 정책, 시책, 민원

① 육아, 보육 어린이집 환경에 보탬이 될 수 있는 정수기, 공기청정기 지원을 강화하였으면 좋겠습니다.

② 고창군 어린이집 감소 원인을 해소하는 차원에서 인건비 지원 확충과 (민간) 시설 및 운영비 지원을 확대하였으면 좋겠습니다.

내가 군수라면 하고 싶은 일이 있으신가요?

① 일자리가 늘어야 학부모가 살고 지역이 발전합니다. 기업 유치와 일자리 확보를 최우선 사업으로 하겠습니다.

② 인근 정읍시와 비교해서 차별 없는 지원책을 마련하겠습니다.

개인적 소망과 목표가 있으시다면?

사랑 가득하고 항상 즐거운 어린이 교육에 앞장서서 학부모님으로부터 사랑받는 어린이집을 운영하는 데 최선을 다 하겠습니다.

사회복지법인 '아이세상어린이집' 사랑의 온도 높이기 동참

　우리 주변의 소외된 이웃들을 돕기 위해 나눔과 기부 활동에 동참하는 온기로 사랑의 온도탑의 온도계가 점점 올라가고 있다.고창읍 소재 사회복지법인 아이세상어린이집(원장 최은미)이 3일 10여 명의 어린이들과 함께 군수실을 방문해 '희망 2020 나눔 캠페인' 이웃돕기 성금 100만 원을 기탁했다.

　아이세상어린이집 원장과 아이들은 준비한 성금을 전달하며 "추운 겨울을 맞아 힘들게 지내는 이웃들을 위해 성금을 전달하게 됐다"라며, "아이들에게 교육적인 효과가 큰 만큼 앞으로도 따뜻한 마음을 나눌 수 있도록 지역사회에 지속적인 관심을 갖겠다"라고 말했다.기탁된 성금은 주변의 어려운 사람을 돕고 싶다는 아이들의 소망과 함께 전북공동모금회에 지정 기탁돼 관내 어려운 이웃을 위해 사용될 예정이다.

- 김준완 기자, 《전북중앙신문》, 2019년 12월 3일

21 평생 봉사는 나의 기쁨 "이영숙"

● 고창군 고창읍
● 전(前) 고창군자원봉사센터장

민선 7기 유기상 군수의 군정 평가

잘한 일 3가지

① 노을 하면 예쁜 하늘의 석양이 상상되고 이름이 예쁩니다. 단순한 대교 하나가 아닌 새만금과 연계한 고창의 갯벌, 선운산도립공원, 청보리밭 등 많은 사람들이 볼거리를 찾을 것이고 복분자, 풍천장어, 바지락 등 먹을거리를 찾아 지역이 활성화될 수 있다고 생각됩니다. 그리고 삼양사 염전 매입은 앞으로 노을대교와 함께 부가가치가 상승할 것으로 봅니다.

② 기부문화 확대는 목표 이상으로 성과를 거두어서 놀랍기도 하고 군민들의 변화된 참여 의식과 나눔의 봉사정신이 향상되었습니다.

③ 민선 7기에 시작한 여성친화도시는 많은 변화의 가능성이 보이고 있고 지속적으로 이어간다면 전국 최고의 여성친화도시로 자리잡을 것으로 기대합니다.

아쉬운 점

동우팜 유치 문제에 주민들의 의견이 찬반으로 엇갈려 아쉽습니다.

민선 8기에 바라는 정책, 시책, 민원

① 정책 부문: 인구 감소에 따른 임산부나 출산 정책에 획기적인 투자나 관심이 필요합니다.

② 시책 부문: 자원봉사 부문에서 봉사시간 환산, 인센티브 기부제도는 봉사활동을 하는 봉사자의 자긍심을 높여줍니다. 더욱 확대해도 좋을 것 같습니다.

내가 군수라면 하고 싶은 일이 있으신가요?

사람은 인성이 기본이라 생각합니다. 잘하시는 분도 많지만 직원 분들의 몸에 밴 친절, 밝게 인사하는 습관은 더욱 더 따뜻한 고창을 만들어갈 것입니다. 그래서 저는 친절한 군청 만들기를 하겠습니다.

개인적 소망과 목표가 있으시다면?
저의 소박한 소망은 자녀들이 좋은 배필을 만나 행복한 가정을 이루었으면 하는 것입니다. 그리고 연로하신 부모님이 건강하셨으면 하는 바람도 있습니다. 목표도 소박하게 지금껏 해왔던 것처럼 이미용이나 서금요법 등 제가 가지고 있는 재능으로 몸이 불편하신 어르신들께 도움이 되고 보탬이 되는 삶을 사는 것입니다.

기타, 하고 싶은 말씀이 더 있으시다면?
'농생명문화 살려 다시 치솟는 한반도 첫 수도 고창', 처음엔 낯설었지만 지금은 이해하고 익숙합니다. 고맙습니다.

고창 여성자원활동센터 이영숙 회장
"따뜻한 마음·아름다운 손길 봉사 이어갈 터"

1995년 결성, 240여 명 회원 /
거동 불편 어르신 목욕 봉사 /
조손가정 결연 등 나눔 실천

"처음 목욕봉사를 다녀오던 날, 이래서 봉사를 하는구나, 참으로 흐뭇하고 행복했습니다. 생활이 어렵고 몸이 불편해 힘든 분들에게 작은 도움이나마 줄 수 있다는 게 기분이 좋고 다녀올 때마다 마음 수련이 되는 거 같아 생활에 즐거움이 더했습니다."

2013년부터 여성자원활동센터를 이끌고 있는 이영숙(54) 회장은 "봉사라는 단어가 낯설기만 하던 2002년 어느 날 이웃을 따라 처음 목욕봉사를 다녀왔다"라며, "처음에는 낯설고 쉽지 않았지만 선배 봉사자들을 따라 참여하다 보니 12년이라는 세월이 훌쩍 지났다"라고 회상했다. 여성자원활동센터는 현재 240여 명의 회원이 활동하고 있다.

1995년 고창군 여성자원봉사회로 결성되어 군 사회복지과를 거쳐 '살기 좋은 고창팀'에서 운영하다가 현재 고창군 여성회관 사무실에 센터 간사를 두고 운영하고 있다.

고을사랑봉사대와 한 조가 되어 몸이 불편해 거동이 힘든 분들께 목욕 봉사를 하고, 한 달에 두 번 이상 요양원이나 사회복지시설을 찾아 미·이용 봉사도 하고 있다. 또한 주 2회 거동이 불편한 독거노인 및 홀로장애인, 한부모가정 등을 대상으로 찾아가는 빨래방을 운영하고 있으며, 작년부터는 이동세탁 차량을 군에서 구입해주어 이불 빨래도 해드린다. 이 회장은 "바쁜 생활을 하면서도 시간을 쪼개어 봉사를 하는 여성자원활동센터 회원들과 생업을 뒤로하고 봉사를 함께하는 고을사랑봉사대 대원들께 진심으로 감사드린다"라고 고마움을 표현했다.

지역 행사가 있을 때는 음료 및 음식 봉사에도 열심이다. 매년 청보리밭 축제 기간에는 기금 마련을 위한 판매 활동을 하기도 한다. 물론 수익금은 어려운 이웃을 위해 쓰인다. 이외에도 매월 생일을 맞은 홀로어르신 및 소년소녀가장 가정을 방문해 위문품을 전달하고, 월 1회 환경 정화 활동도 실시한다. 또한 조손 가정 소년소녀가정 참사랑 결연 맺기(공모사업), 가정의 달 카네이션 달아주기, 모양성제 떡 나누기, 명절 제수 음식 나누기 및 불우이웃 돕기 등 나눔과 봉사의 삶을 살고 있다.

이 회장은 "연로하신 어르신들을 씻겨드릴 때 너무 좋아하시는 모습에 흐뭇하고, 젊은 시절 예쁘셨겠다고 칭찬을 곁들이며 함께 웃는 회원들의 따뜻한 마음과 아름다운 손길이 있는 한 우리들의 봉사는 계속될 것이다"라며 "몸이 따라주는 한 앞으로도 어려운 이웃과 거동이 불편하여 활동하지 못하시는 분들을 위해 끊임없이 노력 봉사 할 것을 모든 회원과 더불어 약속한다"라고 각오를 밝혔다.

- 김성규 기자, 《전북일보》, 2014년 5월 12일

22 평생 봉사로 아름다운 인생을 준비하는 "강연화"

● 고창군 아산면
● 대한웰다잉협회 전북지부장
● 전(前) 고창군다문화센터장

민선 7기 유기상 군수의 군정 평가

잘한 일 3가지

① 농민수당은 농업인들에게 작으나마 신경을 써주는 정책이라고 생각합니다.

② 높을고창 브랜드는 고창군 농어민들에 희망을 주었고 높은 자긍심을 불어넣은 좋은 정책이었다고 생각합니다.

③ 농기계 배달 서비스는 우리 농촌 지역에 서비스라는 제도를 각인시키는 신선한 충격이었습니다. 지속적으로 개선하여 양질의 서비스가 이루어졌으면 좋겠습니다.

아쉬운 점

① 여성 친화 도시 정책에 대한 체감을 느끼기에는 아직은 부족하였습니다.

② 청년들을 위한 일자리 창출에 더 관심을 갖고 진행하였으면 좋겠습니다.

민선 8기에 바라는 정책, 시책, 민원

초고령화사회를 맞아 고창 어르신들의 질병과 고독, 죽음에 대한 두려움을 도울 수 있도록 정신적인 안정과 죽음 준비(편안함) 프로그램이 필요합니다.

내가 군수라면 하고 싶은 일이 있으신가요?

다문화 가정 자녀들의 성정에 따라 다가가는 취업연계사업을 확대하여 지역정책과 함께하는 기술적 지원과 정착자금을 연계하는 방향으로 하고 싶습니다.

개인적 소망과 목표가 있으시다면?
사업을 위한 사업이나 공약이 아닌 화합과 긍정적인 지역 정서가 살맛나는 지역
이 되었으면, 그래서 행복한 고창이었으면 좋겠습니다.

기타, 하고 싶은 말씀이 더 있으시다면?
목적이나 방법이 비슷한 사업을 파악해서 예산이 잘 쓰였으면, 그리고 노인이 행
복하고 청년들도 행복했으면 합니다.

고창군,
다문화가족의 특별한 명절맞이

전북 고창군 다문화가족지원센터(센터장 강연화)가 17일 고수 우평마을을 찾아 '2017년 설날 복 나눔 잔치'를 진행했다.

이번 행사는 결혼 이민자들이 낯설게 느낄 수 있는 우리나라의 명절 문화를 보다 즐겁게 익혀 가족 간에 공감대를 형성하고 화목한 명절을 보낼 수 있도록 마련됐다.

이날 추운 날씨에도 우평마을 주민과 다문화가족 60여 명이 참석해 마을 어르신께 세배를 드리고 설날 유래와 덕담을 듣는 시간도 갖고 떡국 나눔, 윷놀이, 전통놀이 체험 등을 하며 즐거운 시간을 보냈다.

베트남에서 시집온 한 결혼 이민자는 "한국에 와서 처음 명절을 맞는데 어떻게 해야 할지 잘 몰라서 걱정이 많이 됐는데, 오늘 세배와 떡국 끓이는 방법을 배워보니 조금은 자신감이 생겼고, 다가오는 설날 솜씨를 발휘할 수 있을 것 같아 기대가 된다"라고 말했다.

고창군 다문화가족지원센터 강연화 센터장은 "매년 새로 입국하는 결혼 이주 여성을 대상으로 센터에서는 한국 문화와 정서를 좀 더 쉽게 익힐 수 있도록 명절 문화 교육을 진행하고 있다"라며, "이번 행사를 통해 지역 어르신들과 함께하면서 서로 명절 문화를 이해하고 다문화가족에 대한 이해의 폭이 더욱 넓어지는 기회가 됐기를 바란다"라고 말했다.

한편 군은 올해도 한국에 정착하는 결혼 이민자와 다문화가정 자녀들을 위해 직업 훈련, 학력 취득 지원과 문화교육 지원 사업, 청소년 진로 지원 등 다양한 사업을 추진하고 다문화가족이 안정적으로 정착하는 것뿐만 아니라 지역사회와 소통하고 융합하여 군민의 한 사람으로서 자리매김할 수 있도록 적극적인 지원을 해나갈 계획이다.

-남궁경종 기자, 《전북도민일보》, 2017년 1월 17일

23 고창의 밝은 미래·꿈꾸는 학생 "이희우"

● 고창군 공음면
● 영선고등학교 보통과 인문계 2학년

민선 7기 유기상 군수의 군정 평가

잘한 일 3가지

① 농촌에서 살아서인지 농기계 배달 제도가 가장 잘하신 사업이라고 생각합니다. 갈수록 고령화되어가는 농촌 지역에 치킨, 피자만 배달되는 줄 알았더니 농기계를 배달하는 제도가 있다고 해서 깜짝 놀랐습니다. 좋은 제도라고 생각합니다.

② 높을고창 통합 브랜드는 우리 젊은 학생들에게도 눈에 들어옵니다. 특히 고창의 첫 머리 이름이 높을고의 고창이라는 이미지는 누구나 쉽고 기억에 오래 남을 것 같습니다.

③ 높을고창카드 발급은 지역 발전에 요긴한 카드라고 생각합니다. 온라인 쇼핑 시대에 지역 상권이 무너져가는데 고창카드는 분명 지역상가 활성화에 보탬이 되었으리라 생각합니다.

아쉬운 점

① 잘한 일이라고 생각되는 3가지 일이 지역사회에 경제적으로 많은 도움이 되었다고 생각합니다. 하지만 많은 사람들이 저 일들을 모르는 경우가 제 주변에 많았습니다.

② 높을고창카드 같은 경우에는 군민도 살리고 지역경제도 살릴 수 있습니다. 하지만 이 카드를 몰라서, 발급 방법을 알지 못해서 사용할 수 없는 경우가 있습니다. 이 대다수의 사람들이 저소득층이었습니다. 이러한 계층을 위해서 만들어진 제도인데 접근성이 떨어지는 것 같습니다.

③ 또한 높을고창 통합 브랜드도 너무 좋은 일입니다. 하지만 저희 지역에서는 이 브랜드를 알지만 다른 지역에서도 더 많은 사람들이 알게 되어 이 브랜드를 애용할 수 있는 전략이 필요하다고 생각합니다.

민선 8기에 바라는 정책, 시책, 민원

① 청소년 학생을 위한 활동을 증진할 수 있는 청소년 원탁회의, 자치회의 등이 시행되었으면 합니다. 전주시에서는 이미 시행하고 있으면서 소기의 성과도 있는 것으로 알고 있습니다.

② 저소득 학생을 위한 학습 멘토링 사업을 지원하였으면 합니다.

③ 청소년에 대한 문화 활동에 다양한 프로그램을 제공하였으면 좋겠습니다.

내가 군수라면 하고 싶은 일이 있으신가요?

저소득층 중고등학생 교육 지원 사업: 현재 고창에는 드림스타트가 있습니다. 이를 통해 많은 저소득층 초등학생들이 여러 지원을 받으며 성장할 수 있습니다. 하지만 대한민국의 교육 현실을 보면 초등학생 때보다 중고등학생 때 학업 관련 비용이 많이 듭니다. 초등학생 때 드림스타트를 통해 지원받아서 열심히 공부할 수 있었는데, 이후 지원이 끊겨 곤란해하는 학생들을 많이 보았습니다. 그래서 이 지원 대상자를 중고등학생으로 넓히는 방안 또는 초등학생 때까지 드림스타트에서 지원받았던 학생들을 군청에서 저소득층 중고등학생 대상 교육 지원 사업으로 지속적으로 연계될 수 있도록 해주셨으면 좋겠습니다.

개인적 소망과 목표가 있으시다면?

고창에는 미래에 열심히 빛날 인재들이 많이 있고 이 학생들은 현재 학교에서 열심히 학업에 집중하고 있습니다. 물론 학교에서도 여러 가지 경험을 할 수 있지만, 학교 밖에서 더 다양한 경험을 할 수 있게끔 여러 시설과 활동이 생

겨났으면 좋겠습니다. 많은 활동과 경험을 바탕으로 더 새로운 것을 접하고 배워 더 다양한 꿈을 키울 수 있게끔 학생자치위원회, 여러 활동 모임 등이 개설되면 좋겠습니다. 만약 이런 활동 모임이 개설된다면 저 또한 열심히 참여하여 더욱 다양한 경험과 지식을 쌓아 더 유능한 인재가 되어 고창을 더 자랑스럽게 빛낼 수 있을 것 같습니다. 저의 꿈은 초등학교 교사가 되는 것입니다.

24 건강한 군민! 행복한 고창을 꿈꾸는 "오교만"

● 고창군 고창읍
● 고창군체육회 민선 초대회장

민선 7기 유기상 군수의 군정 평가

잘한 일 3가지

① 18만명에 달했던 고창군 인구가 지역소멸 위험지역으로 분류되었다는 소식을 언론을 통해 들었습니다. 1차 산업만으로는 고창을 지킬 수 없습니다. 부안면, 흥덕면 그리고 고수면산업단지가 속속 유치되고 있습니다. 지역을 사랑하고 지키는 일은 일자리 창출밖에 없습니다.

② 노을대교는 정말 오랜 숙제를 부안군과 협력하여 깔끔하게 해결한 것은 돋보입니다.

③ 코로나19로 모두가 어려운 이 시기에 기부문화 활성화로 그래도 우리사회가 따뜻함을 느낍니다.

아쉬운 점

① 코로나19로 인하여 군민체육대회를 2번이나 취소되었습니다. 임인년에는 꼭 군민체전이 열렸으면 합니다.

② 고창군의 체육시설은 전국 어느 지자체에 비교해도 손색이 없음에도 불구하고 정상적인 가동을 못하여 대단히 아쉽습니다.

민선 8기에 바라는 정책. 시책. 민원

① 고창군체육인 염원인 고창군체육인 회관이 꼭 생겼으면 합니다.

② 전국적으로 지역체육회가 법인화되어 법적으로는 독립이 되었으나 예산으로

부터는 자율성을 갖지 못하고 있습니다. 대한체육회에서는 운영지원을 지방자치단체에서는 체육시설과 대회를 지원하는 정책이 필요합니다.

내가 군수라면 하고 싶은 일이 있으신가요?
모든 일에는 찬반논리가 있으나 군민이 원하고 군민이 이익이 되고 미래 지향적이라면 과감하게 사업을 추진하는 결단이 필요하다고 생각됩니다.

개인적이 소망과 목표가 있으시다면?
개인적인 소망은 없습니다. 정치를 놓으니 세상이 즐겁습니다. 고창군민이 건강하시고 행복하였으면 좋겠습니다.

기타 하고 싶은 말씀이 더 있으시다면?
코로나19는 소리없이 물러나고 운동장에는 함성이 이어졌으면 합니다.

오교만 고창군체육회장
"스포츠 마케팅 힘 기울이고 레포츠 산업도 발굴"

전라북도체육회를 비롯한 전북 14개 시·군체육회가 지난 1월 민간 체육회로 새롭게 출범했다. 지방자치단체장의 체육단체장 겸직을 금지하는 국민체육진흥법 개정에 따른 것이다. 지난 1월16일 공식 업무에 들어간 전북도내 각 체육회장들은 "초대 민간 회장인만큼 초석과 기틀을 다져야 하는 것이 숙명이다"는 말로 일반의 기대에 부응할 것임을 다짐한다. 실제 체육회장들은 변화와 혁신을 통해 저마다 공약을 발표하며 체육 발전을 꾀하고 있다.

이에 도내 시·군 체육회장을 차례로 만나 비전과 발전 방향 등을 알아본다. 이번에는 체육인 화합에 최선을 다하겠다는 오교만 고창군체육회장으로 부터 비전을 들어 보자.

오교만 고창군체육회장은 ▲안정적 예산 확보 ▲고창군체육회장 건립 ▲성과평가 시스템 도입 ▲홈페이지 구축 ▲직원 처우개선 등의 공약을 발표했다. 그는 민간 체육회의 초석을 다지기 위해 변화와 혁신을 강조한다. 그는 내실을 다지고 외형을 키우기 위한 행보에 바쁘다.

오 회장은 예산 필요성을 강조한다. 그는 "정치적 중립 등을 보장하기 위해 민간 체육회가 출범했지만 독립적인 위상을 확보하려면 안정적인 예산이 필수다"며 "체육 예산을 체육회에서 자율적으로 결정할 수 있도록 통합예산을 확보하기 위해 노력하겠다"고 말했다.

효율적인 체육행정을 펼치기위해 종목별, 대회별 평가시스템도 도입할 계획이다. 이는 예산을 일률적으로 분배하지 않고 성과에 따라 차등을 주겠다는 의미다. 그는 "예를 들어 수십명이 참가하는 대회와 수백명이 참가하는 대회가 있는 데 똑같은 기준으로 평가할 수 없다"며 "운영을 잘하는 종목단체에게는 인센티브를 제공하는 등 성과평가시스템을 추진하려고 한다"고 설명했다.

오 회장은 고창군 체육시설 인프라는 잘 구축 돼 있기 때문에 이를 적극 활용하기 위한 방안도 모색중이다. 고인돌마라톤대회 등 굵직한 대회도 있지만 더 많은 대회와 전지훈련을 유치해 지역경제 활성화에 이바지하기 위함이다. 그는 "지난해 제56회 전북도민체전을 성공적으로 치른만큼 14개 읍면에 체육시설이 잘 조성 돼 있다"면서 "군청과 협력체제를 더욱 굳건히 해 체육 1번지로 우뚝 설 수 있도록 노력하겠다"고 말했다.

고창군 체육발전과 체육인 화합에 최선을 다하겠다는 그는 체육을 통해 행복한 고창을 만들겠다도 포부를 밝힌다. 그러면서 "군민건강과 경기력 향상에 노력하고 체육시설과 농특산물, 그리고 관광자원이 접목된 스포츠마케팅과 레포츠 산업을 발굴해나가겠다"고 강조했다.

-소인섭 기자, 《고창쿠키뉴스》, 2020년 4월 26일

5

각계각층 고창 단체의
목소리를 찾아서

25 스스로! 손잡고 함께! 공동체 지원 만들기 "이영근"

● 고창군 공음면
● 공동체지원센터장

민선 7기 유기상 군수의 군정 평가

잘한 일 3가지

① 노을대교를 가장 잘한 일이라고 생각합니다. 노을대교는 국토 균형 발전에도 좋고 서해안 마지막 단절 구간을 연결하는 역사적인 큰 성과라고 생각합니다. 그에 따른 지역 균형 발전, 관광 활성화, 주민 편익 등 많은 효과가 발생할 것입니다.

② 두 번째로는 식초문화도시라고 봅니다. 그동안 어느 누구도 생각하지 못한 새로운 미래 산업의 안목을 갖고 있는 정책이라고 생각됩니다. 식초는 인류 최초의 건강식품을 현대인들이 간과하였으나 결국 인간은 가장 자연적인 발효식품이 인간에게 가장 이로울 것이라는 것을 알게 될 것입니다.

③ 여성 친화 도시는 반드시 우리가 해야 할 일입니다. 그동안은 발전에만 치중하였지만 이제는 양성평등과 여성 배려로 신경을 써야 할 시점이라고 생각됩니다.

아쉬운 점

① 문화관광재단을 설립하여 재단의 역할과 주민 참여를 이끄는 데 견인 역할이 부족하지 않나 하는 느낌이 있습니다.

② 식초문화도시 선점은 아주 잘했으나 단계별 추진 전략이 가시적으로 보이지 않아 좀 답답한 면이 있습니다.

민선 8기에 바라는 정책, 시책, 민원

① 공동체센터는 중간 지원 조직인데, 협약 시 안정적 고용 보장과 예산 지원이 보장되는 정책을 실현하였으면 좋겠습니다.

② 농촌 인력 문제가 심각합니다. 특히 외국인 인력 확보를 안정적으로 지원할 수 있는 제도적 장치가 필요합니다.

내가 군수라면 하고 싶은 일이 있으신가요?
청년 가족이 정착할 인프라 구축(학교 교육 특성화 프로그램, 여성 일자리, 여성 공유 공간, 중간 지원 조직, 창조적 활동 지원)을 획기적으로 개선 및 보강하고 싶습니다.

개인적 소망과 목표가 있으시다면?
솔잎 발효식초 등을 연구하여 발효식품 사업을 꼭 성공하고 싶습니다.

호암마을에서
'치유공간 조성 정책 세미나' 열려

고창문화도시지원센터(센터장 설정환)와 고창군마을공동체지원센터(센터장 이영근)가 마음치유문화마을 시범사업에 손을 잡았다.

지난 8월 31일 호암마을에서 열린 '치유공간 조성 정책 세미나'는 고창문화도시추진위원회가 주최하고 호암마을과 고창문화도시지원센터가 주관하는 마음치유문화마을 시범사업으로 추진되었다.

이번 세미나는 마을 공동체 형성 노하우, 치유문화 콘텐츠 모색 등 공동체 네트워크를 심화하는 과정이다.

'치유공간이 삶의 태도에 미치는 영향 고찰'을 주제로 열린 이번 세미나는 호암마을 탐방, 기조 발제, 종합 토론의 총 3부로 구성됐다.

한편 고창문화도시지원센터와 고창군마을공동체지원센터는 지난 6월 고창군 무장면 조치마을에서 업무 협약을 체결한 이후 마을 공동체와 관련된 정보를 교류하고 공동사업을 추진하는 등 협력 활동을 이어가고 있다.

- 복지TV 전북방송

치유공간 조성 정책 세미나 (출처: 전북 고창군)

26 농촌에서 부자를 꿈꾸는 행복한 청년 농부 "박나현"

● 고창군 고창읍
● 고창군 4H 부회장
● 벼농사, 방울토마토 시설 하우스 계획 중

민선 7기 유기상 군수의 군정 평가

잘한 일 3가지

① 농촌에서는 필수품은 농기계라고 생각합니다. 그러나 모든 농민들이 농기계를 보유할 수는 없습니다. 그러나 농기계를 다룰 수 있는 기술은 배우면 가능합니다. 농기계 서비스는 우리 청년 농업인들에게는 너무나 고마운 정책이 아닐 수 없습니다.

② 여성 친화 도시: 예전에 어르신들은 여성 친화 도시를 모르고 살아오셨습니다. 그러나 요즘 여성이 농촌에서 결혼해서 산다는 것은 도시와 너무나도 많은 환경의 차이가 있음을 실감할 것입니다. 여성은 특히 농촌을 어려워합니다. 여성 친화 도시는 남성을 위한 제도라고 생각하셔야 합니다.

③ 고창군은 바다와 접한 지역입니다. 드넓은 갯벌에 노을이 지는 아름다운 대교를 생각하면 흐뭇해집니다. 빠른 시일 내에 착공해서 완공이 되었으면 합니다.

민선 8기에 바라는 정책, 시책, 민원

① 청년 농업인이 농지, 시설 하우스 등 자재 가격 상승으로 시설 하우스 설치에 애로사항이 많습니다. 정책적으로 적정한 지원 정책이 확대되었으면 좋겠습니다.

② 청년 창업농들이 창업을 하는 데 어려움이 많습니다. 부모님의 재산 규모로 지원이 되어 시작이 어렵습니다. 창업 지원 조건이 완화되었으면 합니다.

개인적 소망과 목표가 있으시다면?

방울토마토 시설 하우스 재배와 치유관광농원을 병행하고 싶습니다.

아스파라거스 따는 청년 농부 '꿈을 수확하다'
'탐나농' 박나현

경험도 자금도 없었던 스물일곱 살의 박나현 씨. 2018년 귀농귀촌 체류형 창업지원센터 교육 중 작목을 아스파라거스로 결정하고 현재 전북 고창군 아산면에서 약 200평 규모의 아스파라거스를 재배하고 있는 초보 청년 농부다. 모든 것이 서툴기만 한 그녀는 고창 청년 모임에서 만난 친구의 배려로 땅을 빌려 시작한 아스파라거스 재배 재미에 푹 빠졌다. 고창은 청년 농업인에 대한 지원이 많고 거주하기에 좋은 환경이기 때문에 과감히 귀농을 결심할 수 있었다고. 특히 같은 업종에 종사하는 청년들이 서로를 응원해주고 교류가 활발해서 연고 없이 귀농귀촌에 성공할 수 있다는 좋은 롤 모델로 자리매김 중이다.

고창 청년 농부 모임 '4H', 귀농 정착의 원동력

귀농에도 여풍이 불고 있다. 농사는 힘센 남자만 짓는다는 편견을 깨고 농촌으로 들어온 박나현 씨. 여성만의 섬세한 감수성을 무기로 신농업에 앞장서는 그녀는 경치 좋고 물 맑은 전북 고창으로 귀농했다. 한창 멋 부리고 놀고 싶은 20대인 박나현 씨가 커리어우먼의 길을 버리고 아스파라거스 따는 청년 농부가 됐다. 아직은 수입도 없는 초보 농부지만 통통 튀는 아이디어와 누구에게도 지지 않는 열정으로 한국 농업의 미래를 꿈꾼다.

"귀농한 이유는 시골에서 생활하는 생각을 마음속에 항상 꿈꿔왔기 때문입니다. 회계분야 회사에서 일했는데 업무 스트레스가 컸고요. 그래서 휴가나 휴무일에는 산이나 바다 등 자연 풍광이 좋은 곳으로 다녔습니다. 회사 생활은 야근도 많고 주말에 일할 때도 많고 똑같은 일상이 반복되잖아요. 초록색이나 탁 트인 자연을 보면 자연스럽게 힐링이 됐습니다."경험도 자금도 없었던 박나현 씨는 농촌에 가서 집을 사고 땅을 사서 살 수 있는 여건이 안 됐다. 그러던 중 TV에서 충남 금산의 체류형 농업창업지원센터를 보고 인터넷을 통해서 조사해봤다. 전주에 친척이 살고 있어서 가까운 전북 고창을 선택하게 됐다. 고창은 다른 지역에 비해 청년들에게 지원하는 시스템이 좋았다. 농업기술센터를 통해서 가공 교육을 배우고 청년 농부들의 모임인 4H 클럽을 소개받았다. 이곳은 다양한 농사를 짓는 비슷한 연령대의 청년 모임인데, 청년 농부들이 소통할 수 있어 지역에 처음 들어온 청년 귀농귀촌인에게 큰 도움이 되고 있다.박나현 씨는 "초반에 정말 힘들었습니다. 땅은 어디가 좋고, 작물은 어떻게 선택할지 대화할 사람조차 없었죠. 고창 청년 농부들의 모임 4H 클럽에서 만난 청년들과 소통하며 도움을 얻고 있습니다"라고 말한다.

텃밭의 장수 작물 아스파라거스 매력에 '푹'

고창에 정착한 박나현 씨는 10개월 생활하는 동안 10개 작물 재배에 도전했다. 어떤 작물이 맞는지 몰라 다양한 작목을 재배했으며 자급자족 생활을 이루기 위해서도 다소 욕심을 냈다.

박나현 씨는 "특히 토마토 스마트팜에 관심이 쏠렸어요. 하지만 자금 면에서 현실에 부딪히게 되면서 현 시점에서는 하우스에서 토마토를 재배하기는 힘들다고 생각했습니다"라고 아쉬움을 토로하기도 했다. 토마토 스마트팜의 꿈을 접고 우연히 견학 간 아스파라거스 농가에서 새로운 눈을 떴다. 아스파라거스는 한번 심으면 10년에서 15년 정도 수확이 가능하기 때문에 나 홀로 초보 귀농인에게 적합한 작목이었다. 귀농귀촌 청년 창업농 교육을 받으면서 아스파라거스 농장에서 만난 분을 멘토로 삼아 재배 노하우를 배우고 있는 박나현 씨는 당장 수확량이 없어 3년쯤 뒤를 내다보며 SNS를 통한 직거래를 준비 중이다.

농상은 '냠나농'이라고 지었다. '가지를 높이는 탐나는 농산물'을 의미한다. 지금은 아스파라거스만 재배하고 있지만 향후 지역의 로컬 푸드도 판매할 생각이다. 2020년, 아스파라거스 1,000평까지 늘릴 것, 체류형 농업창업지원센터를 통해 귀농귀촌을 체험하고 있는 박나현 씨는 '귀농귀촌을 시도할 때 큰 자금을 들이지 않고 여러 가지 경험을 해볼 수 있다'는 것을 장점으로 꼽았다.

다만 수익 구조 없이 체류형 교육을 받아야 하기 때문에 민생고가 생기는 문제점이 있다. 수익이 생기지 않는 귀농 초보자들을 위해 지역에서는 품앗이나 로컬 푸드 판매장에서 아르바이트를 주선하기도 한다.

나현 씨는 "이런 문제점을 해결할 수 있는 시스템, 자급자족할 수 있는 구조가 있으면 훨씬 좋을 것입니다. 체류형 교육이 끝나면 지역에 안정적으로 정착할 수 있는 시스템을 도입하는 구조도 있었으면 좋겠습니다"라고 바람을 전했다.

꿈과 희망을 찾아 귀농했지만 너무 힘들어 포기하고 싶을 때도 많았다. 특히 아스파라거스 수확량을 높이고 싶었지만 누구에게 도움을 청해야 할지조차 막막했다. 이때 4H 클럽 회원들의 응원과 도움이 큰 힘이 됐다.

나현 씨가 4H 클럽의 도움만 받은 것은 아니다. 도심에서 회계 분야 일을 했던 전공을 살려 모임 내 재무 업무를 조언해주는 재능 기부도 하고 있다. 그녀의 아스파라거스 농장은 매우 작다. 하지만 2020년까지 1,000평으로 늘릴 예정이다. 현재 육묘를 해놓았다. 내년에 정부의 청년 창업농 정착 지원 사업에 도전해서 생활비를 지원받고, 귀농 창업 자금을 저리로 융자받아서 늘려갈 계획이다.

나현 씨는 "청년창업농제도가 없다면 청년들이 농업을 직업으로 가질 수 없었을 것 입니다. 앞으로는 전문적인 지식을 쌓아 식품가공사로서 역량을 키우고 부가가치가 높은 상품을 개발하고자 합니다"라고 포부를 밝혔다.

- 스마트에프엔(news@smartfn.co.kr), 《농업경제신문》, 2020년 3월 17일

27 청년 농업인들의 든든한 맏형 "이종면"

- 고창군 아산면
- 고창군농업경영인회장
- 농업, 축산업

민선 7기 유기상 군수의 군정 평가

잘한 일 3가지

① 농민수당이 만족할 만한 금액은 아니지만 고창군이 선도적으로 시작을 하여 농민들에게는 큰 위안이 된 것 같습니다.

② 노을대교는 언젠가는 될 줄 알았지만 생각보다 빠른 성과를 이루어내었습니다. 기대가 됩니다.

③ 농기계 배달 서비스도 생각의 변화가 정책으로 실현된 좋은 사례로 보고 지속적으로 이어졌으면 좋겠습니다.

아쉬운 점

① 농업인 단체 사무실 운영비를 지원하는 정책을 펼쳤으면 합니다.

② 농산물 홍보 장터 운영 및 지원을 많이 해주셔서 고창군 농산물을 홍보할 수 있는 기회가 있으면 합니다.

③ 고창군 농업인회관이 빠른 시일 내에 건립되었으면 좋겠습니다.

민선 8기에 바라는 정책, 시책, 민원

① 황토배기 유통 활성화 등 농업 유통 사업에 적극적인 마케팅을 강화하였으면 합니다.

② 농민헌법 제정, 농업수당 입법화를 위한 범정부 지원 건의가 필요합니다.

개인적 소망과 목표가 있으시다면?

농민들이 부채 없이 살 수 있는 환경이 만들어졌으면 좋겠으며, 제가 조금 여유가 생긴다면 지역민들과 부대끼며 봉사하며 살고 싶습니다.

한농연
고창군 농업경영인 활성화 대회

전북 한농연고창군연합회(회장 이종면)는 12월 8~9일까지 1박 2일 일정으로 '제24회 고창군 농업경영인 활성화 대회'를 군산과 완주에서 펼쳤다.

이날 한농연고창군연합회 회원 30여 명이 참여한 가운데 군산 가지 농장과 완주 로컬 푸드 등 선진지를 들른 데 이어 명사 초청 특강도 진행했다.

이종면 한농연고창군연합회장은 "코로나19 장기화 속에 야외에서 대규모 행사 대신, 철저한 방역 수칙 준수 속에 약식으로 행사를 준비했다"라면서 "하루 빨리 코로나가 종식되어 농업·농촌이 웃음이 가득한 일상으로 돌아와 살기 좋은 고창 농업을 건설하는 데 일조하자"라고 밝혔다.

- 양민철 기자, 《한국농어민신문》, 2021년 12월 14일

28 장애인의 자립생활을 지원하는 "천옥희"

● 고창장애인자립생활지원센터 센터장
● 사단법인 한두레장애인자립생활협회 사무국장

민선 7기 유기상 군수의 군정 평가

잘한일 3가지
① 농민수당 지급이 가장 눈에 들어 옵니다.
② 지역 농산물 가치상승과 지역상가 발전에 도움이 되었
으리라 생각합니다.
③ 동학농민혁명 교과서 수록은 당장은 작아 보이지만 미
래에는 큰 성과라고 봅니다.

아쉬운점
① **여성친화도시**: 여성은 약자가 아닌 당연한 정책이며, 과도한 홍보는 양성갈등
으로 보일 수 있어 신중하게 접근이 필요합니다.
② **유채꽃 경관농업**: 긍정적이지만 코로나19로 인해 효과를 누리지 못했습니다.
유채꽃과 더불어 다양화 할 필요가 있습니다.
③ **농기계 배달제도**: 직접 고령층 농업인들에게도 직접 작업을 해주는 제도를 확
대할 필요가 있습니다. 그리고 농기계 기술자를 육성하여 젊은층의 일자리도 창
출했으면 합니다.

내가 군수라면 하고 싶은 일이 있으신가요?
장애인 평생학습교육센터와 장애인체육관을 활용을 적극적으로 하겠습니다.

기타 하고 싶은말
① 고창군장애인체육회 담당 공무원화
② 고창군사회복지사협회 126명 회원 보수교육비 5만 원 지급, 사회복지직 과장
승진 요망

신명 나는 공연으로
고창군장애인복지관이 들썩!

고창군이 주최하고 전통연희예술단 고풍(단장 이광휴)이 주관한 〈2019 찾아가는 문화활동 - 전통연희예술단 고풍과 함께하는 놀이푸리〉가 지난 25일 화요일 고창군장애인복지관에서 펼쳐졌다.

이번 공연은 고창군장애인복지관 사람들에게 농악의 신명으로 행복과 기쁨을 전해주고자 기획됐다. 공연은 전통 장단의 긴장과 이완의 원리를 통해 신명을 이끌어내는 사물놀이와 판소리 〈심청가〉 중 황성 올라가는 대목, 건강과 복을 빌어준다는 의미가 있는 사자놀이, 끝으로 전라북도 무형문화재 제7-6호 고창농악판굿과 개인놀이를 선보였다.

이광휴 단장은 "지난 2017년 창단한 전통연희예술단 '고풍'은 전라북도 무형문화재 제7-6호 고창농악 이수자들로 이루어진 전통연희예술단입니다. 오늘 고창군장애인복지관에서 장애인 분들과 함께 즐거운 시간을 가져 매우 뜻깊은 날이었습니다. 앞으로 고풍의 다양하고 폭넓은 활동을 지켜봐주시기 바랍니다"라

고 했다.

고창군 장애인복지관 정종만 관장은 "전통연희예술단 '고풍'의 공연을 보고 있는 복지관 이용인들 얼굴에 웃음꽃이 가득 핀 것 같다"라며 "예술단 고풍이 앞으로도 우리 지역의 사회적 약자들을 위해 다양한 활동을 이어가 주기를 바란다"라고 전하기도 했다.

한편 이번 찾아가는 문화 활동은 문화적으로 소외된 지역과 계층을 대상으로 직접 찾아가는 문화 프로그램으로 고창군이 군민의 문화 향유의 기회 확대와 문화 격차 해소를 위해 실행하고 있는 사업이다.

- 투데이안(https://www.todayan.com)

29 항상 마음은 고창 생각, 재경고창군민회장 "김광중"

● 서울 양천구
● 재경고창군민회장

민선 7기 유기상 군수의 군정 평가

잘한 일 3가지

① 농기계 배달 서비스: 농기계 배달 서비스 확대 시행으로 시간 절약과 작업 능률이 향상되었습니다. 대한민국의 농촌 농기계 서비스 사업을 모델화한 업적으로 평가합니다.

② 높을고창 통합 브랜드: 발 빠른 4차 산업에 진입하면서 농촌 지역에도 예외 없는 경쟁 시대가 왔습니다. 특히 우리 고창군은 품질 경쟁 우위에 있는 농수특산물이 많은 만큼 브랜드를 통한 온·오프라인 마케팅 활동에 적극 참여하여 소비자들에게 소비 욕구를 줄 수 있는 정책으로 평가합니다.

③ 유채꽃 등 경관농업: 고창의 청정한 자연에서 자란 농특산품의 판로를 개척하고 홍보할 수 있는 정책으로 높을고창 통합 브랜드 이미지와 접목할 수 있는 좋은 정책으로 평가하고 싶습니다.

④ 황토배기 유통 정상화: 높을고창 통합 브랜드와 황토배기 유통 정상화는 상호 연관성이 있는 정책으로, 시너지 효과를 도모할 수 있을 것이라 생각됩니다.

아쉬운 점

① 특정 사업 추진에서 군민과의 적극적인 소통과 협력을 강화하였으면 하는 아쉬움이 있습니다.

② 동우팜 같은 기업 유치 시, 공청회 등으로 충분히 설명하고 경청했더라면 좋았을 것입니다.

민선 8기에 바라는 정책, 시책, 민원

눈앞의 현실화로 대두되고 있는 인구 절벽, 지역 소멸 위기를 늦추는 방안의 하나인 군민 소득 증대와 관광산업의 활성화를 위하여 고창군에서도 과감하게 시각을 돌려 MICE 산업에 적극 참여하였으면 하는 바람입니다.

내가 군수라면 하고 싶은 일이 있으신가요?

① 선거 등으로 인한 군민의 갈등을 적극적이고 능동적인 소통과 협력으로 봉합하고, 나아가 군민들의 마음을 하나로 결집, 지속 가능한 고창 발전을 이루어내고 싶습니다.

② 유네스코 생물권보전지역으로서의 고창의 특성을 잘 살리고 홍보해서 우리 고창을 알림으로써 농민 등 군민의 소득을 증대하고 이를 통해 군 인구를 늘려 지역 인구소멸 지구에서 벗어나게 하는 데 도움이 될 수 있게 방송이나 영화 등의 촬영지를 조성하고 싶습니다.

개인적 소망과 목표가 있으시다면?

재외, 특히 재경군민회 등과의 유기적이고 밀접한 네트워크를 적극적으로 활용, 고창 홍보 및 고향 농특산물 판매와 바이럴 마케팅에 협조 체제를 구축하고 그것을 공고히 할 것입니다.

기타, 하고 싶은 말씀이 더 있으시다면?

사람이 없는 도시는 유령화될 수밖에 없으니, 청정 고창의 특성을 최대한 살려 10차 산업의 메카로 거듭남으로써 지속 가능한 발전을 선도하는 고창을 만들어주시길 바랍니다.

고창 사랑 실천하는
재경고창군민회 김광중 회장

2018년 제13대 재경고창군민회장 취임

김광중 회장은 제13대 재경고창군민회 회장으로 2018년 3월에 취임했다. 임기는 2년. 지난 2020년, 2년 임기를 만료했으나 이사회는 제14대 재경고창군민회장에 김광중 회장을 만장일치로 추대했다. 현재 제14대 회장으로서 연임 중이다. 재경고창군민회는 1988년 8월 26일, 창립총회를 가졌다. 초대 회장은 정인영 회장이었다.

'화요마켓'과 '금요장터' 개설해 고향 농수산물 홍보·판로 열어고향 홍보 위해 '문화기행 투어단' 운영… 지역 경제 활성화 도움애향봉사단 발족… 고창 농수산물, 고창 업체 애용과 홍보 등 나서

30여 년의 역사를 자랑하는 재경고창군민회는 현재 14대 회장단이 이끌고 있다. 다른 재경 향후회도 그랬겠지만 재경고창군민회도 초창기엔 회원들의 친목과 각종 애향 활동을 펼치는 데 많은 어려움도 있었다. 하지만 고창인들의 강점인 소통과 배려로 재경고창군민회의 기틀은 금세 다져졌다. 재경고창군민회는 현재 30만여 명의 향우들이 똘똘 뭉치고 서로 교류하는 구심점 역할을 하고 있다. 사무실은 서울시 종로 5가에 두고 있다.

고창군 아산면 용계마을 출신

김광중 회장은 고창군 아산면 용계마을에서 태어났다. 유년기에 고향 마을을 잃었다. 저수지 건설로 김 회장의 고향 마을은 물에 잠겼다. 김 회장은 태어난 집이 물속에 잠기는 상황을 지켜보면서 큰 충격을 받았다. 고향을 떠나 출향을 하면서 김 회장은 물에 잠긴 고향 마을과 고향집의 풍경을 머릿속 깊숙이 새겨두었다. 그러면서 다짐을 했다. 이다음에 고향을 위해 할 일이 있으면 앞장서겠다고. 김 회장은 중견기업의 수장이다. 사업이 바쁜데도 재경고창군민회 회장을 맡아야 될 시점이 찾아오자 거부하지 않고 수락했다.

연간 수억 원어치 고향 농수산물 팔아주기

2018년 9월 12일, 고창군 공음면 황토멜론선별장에서는 고창 황토멜론연구회 회원들이 생산한 멜론의 첫 출하 기념행사가 열렸다. 이 기념행사에서 재경고창군민회 회원들은 약 3억 원어치의 멜론을 구입했다. 추석 명절을 앞두고 고향의 농특산물로 명절 선물을 준비하자는 출향 군민들의 뜻이 모아져 고창 멜론 구입이 이루어졌던 것. 이런 구매를 이끈 김광중 회장은 "고창을 사랑하는 회원들의 마음을 모아 우리 고향에서 생산한 품질 좋은 멜론 구매를 추진하게 됐고, 고향의 지역경제 활성화에 도움이 될 수 있어 기쁘다"라고 말했다.

고창 농수산물 판로 개척을 위한 온라인 장터 운영

김광중 회장은 제13대 재경고창군민회 회장에 취임한 뒤, 고향 농수산물을 홍보하고 판로를 열어주기 위해 온라인 장터 개설에 힘을 쏟았다. 이를 위해 가장 먼저 한 일이 재경고창군민회 홈페이지 제작이었다. 아울러 재경고창군민회 밴드 활성화도 시도했다. 이러한 온라인과 SNS 활동엔 출향 고창인 6,000여 명이 참여하고 있다. 매주 화요일엔 '화요마켓'을, 매주 금요일엔 '금요장터'를 개설했다. '화요마켓'과 '금요장터'엔 고창 현지에 사는 고창인과 출향 고창인이 참여해 고향 농수산물을 홍보하고 판로를 열어가고 있다.

2018년 재경고창군민회가 팔아준 고창 농수산물은 멜론 약 2억 8,000만 원, 절임배추 약 1억 4,000만 원, 김과 잡곡 2,000여만 원, 도합 약 5억 원어치였다. 2019년도엔 총 7억 8,000여만 원의 판매 실적을 올렸다.

사단법인 '온고창인'

김광중 회장 취임 후 재경고창군민회는 서울시와 협약을 맺고 '온고창인'을 사단법인화했다. 김 회장은 사단법인 '온고창인'의 이사장도 맡고 있다.

2018년, '애향봉사단' 발족

2018년 6월 24일, 서울시 성동구 살곶이체육공원엔 출향 고창군민 600여 명이 모였다. 이날 김광중 회장이 이끄는 제13대 재경고창군민회 임원진 상견례와 '애향봉사단' 발대식이 열렸다. 애향봉사단은 재경고창군민회 14개 읍·면의 회원 400여 명으로 구성됐다. 애향봉사단은 고창 농수산물 애용과 홍보, 고창 업체 애용과 홍보, SNS 밴드와 홈페이지 가입·홍보 등을 통해 고창군의 전도사로 나설 것을 결의했다. 이날 발대식에서 재경고창군민회 김광중 회장은 "아무리 거대한 빙하라 할지라도 아주 작은 얼음 알갱이로부터 시작되고 고향의 농수산물과 업체에 대한 우리의 작은 관심과 실천이 바로 거대한 빙하의 시작인 얼음 알갱이와 같은 것"이라며, "저출산과 고령화로 어려움을 겪고 있는 우리 고향 고창을 살리는 것은 모두의 작은 관심과 홍보에 달려 있다는 사명감과 자존감으로 애향봉사단을 출범하게 되었다"라고 밝혔다.

5,000~1만 명 모이는 '고창인 큰 잔치'

수도권의 출향 고창인들은 매년 봄, 한자리에 모여 화합을 다지는 큰 잔치를 벌인다. 그 잔치의 명칭은 '고창인 큰 잔치'. 김광중 회장이 제13대 회장에 취임한 다음 달인 2018년 4월 22일 오전, '제18회 고창인 큰 잔치' 행사가 열렸다. 행사장은 서울 잠실운동장 보조경기장. 참가자는 약 1만 명. 이날 행사에서 김 회장은 "역대 회장과 각 읍면회 임원, 집행부 임원과 관련 단체 임원들이 자기희생적인 봉사로 고향 사랑의 기반을 탄탄하게 다져줘 오늘 최고의 위치가 됐다"라며, "고창의 농축산물을 이용하고 유네스코에 등재된 문화유산 등을 계승 발전시켜 나가 고창과 출향 인사가 하나 되게 만들겠다"라고 인사말을 남겼다. '제19회 고창인 큰 잔치'는 이듬해인 2019년 5월 5일, 서울시 성동구 살곶이체육공원에서 열렸다. 이날 행사는 명랑운동회, 읍·면별 노래자랑, 고창 출신 가수 공연, 초청 가수와 함께하는 불꽃댄스 축제 등을 통해 고창에서 상경한 군민과 재경향

우들의 단합을 도모하고 역량을 결집하는 자리였다. 안타깝게도 코로나19 탓에 지난해와 올해 '고창인 큰 잔치'는 열지 못했다.

재경고창군민회의 고향 방문 프로젝트

재경고창군민회는 고향 홍보를 위해 문화기행 투어단을 운영해 지역 경제 활성화에 도움을 주었다. 2019년 6월, 중견기업체 회장단으로 구성된 (사)미래공유포럼 리더스아카데미 원우회 회원 20여 명이 고창을 방문했다. 미래공유포럼 리더스아카데미 원우회 정영환 회장은 재경고창군민회 상임부회장이다.

미래공유포럼 리더스아카데미 원우회 초대 회장은 김광중 회장이다. 이 원우회의 주요 멤버는 이방우 씨, 오동원 씨, 이중근 씨 등이다.

2019년 6월, 고향을 찾은 미래공유포럼 리더스아카데미 원우회는 고창읍성, 고인돌공원, 선운사 등을 둘러보며 각자의 사업과 접목할 수 있는 다양한 방안을 구상했다. 그 이전부터 재경고창군민회는 고향 지역의 문화관광 홍보를 위한 프로젝트를 펼쳤다.

2019년 '고창군 군민의 장' 수상

2019년 9월, 고창군은 지역의 명예를 드높이고 지역사회의 안정과 발전에 기여한 사람에게 수여하는 '제35회 고창군 군민의 장' 수상자를 선정했다고 밝혔다. 다음 달인 2019년 10월, '고창군민의 날 기념식' 때 진행된 시상식에서 '군민의 장'을 받은 수상자는 김광중 회장 등 4명이었다. 애향장 수상자인 김 회장은 재경고창군민회 13대 회장으로 재임하면서 '고창인 큰 잔치'와 같은 다양한 행사와 활동을 통해 군민 화합에 앞장섰다. 애향봉사단 등 인적네트워크를 활용한 고창 농산물 대신 팔아주기 및 홍보 활동을 통해 고창 특산품의 우수성을 널리 알려 애향 정신을 실천한 공로를 인정받았다.

30 출향인이 바라보는 고창 "이익희"

● 전주시 덕진구
● 재전 고창군민회장

민선 7기 유기상 군수의 군정 평가

잘한 일 3가지

① 유채꽃 경관 농업: 전국적으로 많은 지자체에서 볼거리, 먹을거리 등을 경쟁적으로 개발하여 찾아오는 관광농업 상품을 정책적으로 추진하는 상황에서 고창군이 발 빠르게 적극적으로 대응함을 기쁘게 생각합니다.

② 여성 친화 도시: 사회적 약자를 대변하는 상징적인 의미를 가집니다. 여성이 안전하고 건강한 고창을 위해, 여성이 편안한 공간에서 지낼 수 있도록 잘 만들어진 정책입니다.

③ 높을고창 통합 브랜드: 유네스코 생물권보전지역의 청정한 자연환경에서 생산된 고품질, 고당도, 고신뢰 농산물을 브랜드화를 통하여 모두가 잘사는 고창형 농촌을 만든다는 정책에 박수를 보냅니다.

아쉬운 점

고창군 일반사업단지 ㈜동우팜투테이블 입주 반대 갈등 고조: ㈜동우팜투테이블은 약 2,500억 원을 투자해 공장시설을 구축 직접고용 950명의 신규 일자리 제공과 소득증대에 기여하고 지역경제 순환과 활성화에 많은 영향을 미칠 것으로 전망되었다. 동우팜이 들어올 경우 우리의 생존권, 환경권, 재산권에 침해를 받는다고 팽팽하게 대립되어 주민들과의 갈등이 이어지고 있다는 점이 아쉬운 점이지만 이 또한 시간을 갖고 적극적인 설득으로 이어진다면 유치가 가능하리라 생각됩니다.

민선 8기에 바라는 정책, 시책, 민원

도정과 시정 경험을 통하여 공부한 경험과 지식을 고향에 와서 군정에 열정을 펼치시는 유기상 군수님께 수고와 감사의 인사를 드립니다. 이러한 능력 있는 분을 모시게 된 우리 고창인들은 큰 복을 받고 있다 생각을 하면서 4년이라는 직이 짧게만 느껴집니다. 정치와 경제, 사회, 문화적으로 고도의 성장을 이룩하길 바랍니다.

① 대기업 생산 공장 유치(농협 등 식품 제조사): 건강 김치 세계화에 따른 배추김치, 갓김치, 파김치 공장 설립이 필요합니다. 천혜의 조건을 갖추고 광활한 농토를 활용하여 직접 생산부터 가공에 이어 전 세계에 수출 판매까지 원스톱으로 이뤄지는 공장 설립이 필요합니다.

② 고창 풍천장어타운 조성: 선운사 및 심원, 동호해수욕장 부근에 조성하여 새만금 개발, 노을대교 건설로 인한 많은 관광객 방문에 대비 체류형 관광객을 위해서 조성하여 숙박형 관광타운 조성이 필요합니다.

③ 가족형 종합 휴양 리조트 개발 및 한국형 실버타운 개발: 고창 웰파크시티 조성으로 건강하고 행복한 여생을 보내고자 하는 사람들을 위해 제2의 웰파크시티를 석종온천 건너편, 선운사, 동호해수욕장 부근에 개발한다면 고창 인구 증가 효과에 기여하게 될 것입니다.

④ 외국인 마을 조성: 미국, 유럽등에 특히 독일 광부·간호사로 타국에 가서 정착한 동포들을 위해 모국에서 남은 여생을 살 수 있도록 공동 마을을 조성하면 인구 유입에도 효과가 클 것으로 기대됩니다.

내가 군수라면 하고 싶은 일이 있으신가요?
군민과 소통의 시간을 더 갖기 위해 찾아가는 서비스 및 민원 현장 방문의 날을 만들어 매주 찾아가고 싶습니다. 민원 현장에 답이 있습니다.

개인적 소망과 목표가 있으시다면?
고창군에 살고 계시는 군민 여러분들께 각종 재난 사고가 없으시길 기원드리며, 코로나19가 종식되어 자유롭게 활동할 수 있는 날을 기대하면서 군민 여러분들과 유기상 군수님을 비롯한 모든 가족의 건강과 행복이 함께하시길 소원합니다. 재전 고창군민회 회원 여러분들의 안녕을 기원합니다.

기타, 하고 싶은 말씀이 더 있으시다면?
첫째도 건강, 둘째도 건강입니다. 건강하세요.

2019 재전고창군민
신년하례인사회 성료

　재전고창군민회 신년하례인사회(회장 이익희)는 지난 18일 전주 오펠리스 웨딩홀에서 약 300여 명이 참석한 가운데 2019 재전고창군민회 신년하례인사회를 성황리에 개최했다.

　이날 신년하례인사회에는 오동훈 사무국장의 개회 선언을 시작으로 고창군 홍보 영상 시청, 경과보고, 공로자 시상, 총회 보고, 이익희 회장 환영사, 유기상 고창군수, 고창군청 해양수산과 과장 라남근, 군의원, 도의원 김희수, 농협조합장 및 내외빈들의 소개와 축사가 이어졌다.

　재전고창군민회는 고향을 사랑하고 그리워하는 마음으로 1967년 7월 22일 창립, 고 이상기 회장을 시작으로 현재 26대 이익희 회장이 취임하여 활발한 활동을 하고 있다.

　이번 인사회는 만찬으로 곁들어져 '고창 우리 농산물로 비져 놓은 고창 우리 술'로 기해년 새해 덕담 축배에 이어 '고인돌의 고향 고창' 출신 표정아(양구 아가씨) 가수 등의 축하 공연이 이어져 분위기를 한층 더 돋우었다.

특히 가야금 타는 소녀 가수 유나은(고창 월곡, 서울)은 〈고창아리랑〉을 불러 많은 사랑과 박수갈채를 받았다. 2004년생인 유나은 양은 국가중요무형문화재 제57호 경기민요 전수자로 2017년 1집 앨범 《퐁당퐁당》, 《전주아리랑》 등을 발매해 큰 인기를 얻었다. 또 2019년 2집 앨범 《너 따로 나 따로》, 《고창아리랑》 등으로 수많은 대중으로부터 큰 사랑을 받고 있다.

유나은 양의 소속사 구종회 지지엔터테인먼트 대표는 "농생명문화 살려 치솟는 한반도 첫 수도 고창의 미(美)와 맛(味) 8경을 품은 곡이며, 작사로는 시인 향토 작사가 구정수·구종회, 작곡 김병학(유지나, 〈신진도아리랑〉), 편곡 정경천(〈고창의 달을 품다〉)이 《고창아리랑》 음반 제작에 특별한 애정을 쏟은 만큼 《고창아리랑》 홍보에 많은 투자를 하겠다"라고 밝혔다.

- 정병창 기자, 《전북중앙신문》, 2019년 1월 21일

31 농업인과 함께하는 농협중앙회 "진기영"

● 고창군 고창읍
● 농협중앙회 전(前) 고창지부장

민선 7기 유기상 군수의 군정 평가

잘한 일 3가지

① 노을대교는 고창군의 새로운 발전을 한 단계 격상하는 계기를 마련했습니다. 다가오는 새만금 시대에 길목을 여는 쾌거입니다. 인천에서 목포까지 노을 벨트의 마지막 연결 구간이 확정되었습니다. 축하드립니다.

② 농민수당 등 농업·농촌 우대 정책을 고창군에서 선도적으로 시행했습니다.

③ 높을고창 통합 브랜드 등 고창 농특산물의 부가가치 창출에 노력하셨습니다.

아쉬운 점

① 일부 공무원들의 피동적, 소극적, 면피성 업무 마인드 개선이 필요합니다.

② 군정 추진 성과에 홍보가 미흡합니다.

③ 팀장, 과장이 솔선수범하도록 군수님의 리액션이 필요합니다.

④ 군수님이 달변, 다변보다는 스킨십이 더 좋을 듯합니다.

민선 8기에 바라는 정책, 시책, 민원

① 쾌적한 고창 천변 재정비: 체육 관련 시설 확충과 전선 등 지중화.

② 공무원들의 의식 개혁 등 대군민 봉사정신 강화: 권위주의적 의식 타파.

③ 농특산물 유통 기반 시설 확충: 저온저장고 등 필요.

개인적 소망과 목표가 있으시다면?

① 제 개인적인 소망은 군수님과 고창인들의 사랑을 너무 많이 받아서 고창에서 계속 거주하며 군수님이 주신 은혜에 계속해서 미력하나마 보답을 드리고 싶습

니다. 그리하여 민선 8기도 지속적인 행정의 연속성을 이어주시기를 응원하고 싶습니다.

② 고창군의 브랜드 가치가 더욱 상승하고 농업인들에겐 부가가치가 창출될 수 있는 지속 가능한 고창 발전을 위한 토대가 제대로 정착되리라 생각합니다.

③ 농업 관련 정책 등 모든 정책 방향이 제대로 정립되어 5년 후나 그 이후에 행정을 모르는 군수가 들어와도 흔들리지 않는 고창군 행정이 이루어지도록 군수님의 행정이 고창군 행정으로 매뉴얼화, 시스템화 되었으면 합니다.

④ 제 개인의 소망으로는 현재 딸들이 고2, 중2인데, 내년에는 건강하게 딸들이 계획한 대로 노력한 결과가 모두 이루어지길 기도합니다.

고창군
황토고구마 첫 수확

가을을 알리는 고구마 수확이 고창군에서 첫 선을 보이며 영양 간식으로 소비자의 관심을 받고 있다.

지난 12일 대산면 산정리에서 햇고구마 수확을 진행, 유기상 군수를 비롯해 최인규 군의장, 진기영 농협중앙회 군지부장 등이 참석해 농민들을 격려했다.

전북 최대의 명품 꿀고구마 산지인 고창은 1,200여 농가가 1,250ha에서 고구마를 재배한다. 게르마늄과 미네랄 등 영양이 풍부한 황토 지대에서 자란 고창의 고구마는 당도가 높고 맛이 꿀처럼 달아 소비자에게 최고의 인기를 끌고 있다.이번 햇고구마 수확에 들어간 고창황토배기청정고구마영농조합법인(대표 서재필)은 속성 재배(66ha) 고구마를 한 달간 수확해 햇고구마 1,500톤을 전국 이마트, 도매시장, 편의점 CU로 1kg에 평균 3,500원에 출하해 53억 원의 고소득 창출을 올릴 예정이다.

한편 농림축산식품부 식량작물공동경영체육성사업으로 고창산업단지에 고구마 가공공장도 9월 준공 예정으로, 소규모 고구마 재배 농가의 비선호품을

1kg당 600원에 3,000톤 매입해 7억 5,000만 원 상당의 추가 소득도 기대되고 있다.

유 군수는 "코로나19로 어려운 농업 현실에도 농민들이 열심히 노력한 결과"라며 고마움을 전하고, "고창 고구마가 높은 가격, 높은 품질, 높은 신뢰도, 높은 당도 등을 포함하는 고품질 안전 먹을거리로 자리매김할 수 있도록 최선을 다해 노력하겠다"라고 말했다.

- 안병철 기자, 전북을 바꾸는 힘!《새전북신문》, 2021년 8월 12일

32 어업인들의 권익 향상을 대변하는 "김병호"

● 고창군 상하면
● 구시포어촌계장

민선 7기 유기상 군수의 군정 평가

잘한 일 3가지

① 농민수당과 더불어 어업인 공익수당을 확대 적용 시행하여 어업인도 수당을 받을 수 있다는 자체만으로도 정말 좋습니다.

② 높을고창카드는 군민들께서 10%의 혜택을 받을 수 있어 좋고, 지역의 자영업을 하시는 분들은 수수료 없이 매출을 올릴 수 있어 일거양득이 아닐 수 없습니다.

③ 노을대교는 멀리만 보이던 부안군의 격포해수욕장까지 1시간 30분 이상 걸리던 것을 30분 이내로 단축해주어 많은 관광객이 교차되면서 지역 발전을 견인할 것입니다.

아쉬운 점
어업인들과의 소통이 적은 것 같아 아쉽습니다.

민선 8기에 바라는 정책, 시책, 민원
군민들이 서류를 고창군에 제대로 제출하는데도 절차가 어렵고 까다롭고 처리 속도도 느려서 애로 사항이 많습니다. 서류가 제출되면 빠르게 처리가 되면 좋겠습니다.

내가 군수라면 하고 싶은 일이 있으신가요?
제가 군수라면 소외된 어민들의 목소리를 찾아가 듣고, 그 지역의 숙원 사업이 있다면 사업에 관련된 과와 협의하여 빠르게 진행될 수 있도록 할 것 같습니다.

개인적 소망과 목표가 있으시다면?
갈수록 어족 자원이 소멸되는 시점에서 어업인들이 살아가기가 힘든 실정이니 어업인들이 이 마을을 떠나지 않고 살아갈 수 있도록 어촌계 및 마을이 발전할 수 있는 대체사업(해양관광, 수산물 가공시설 등)을 개발하면 좋을 것 같습니다.

기타, 하고 싶은 말씀이 더 있으시다면?
같은 고창군민으로서 소외되는 지역과 사람이 없도록 자주 찾아와 의견을 들어 주셨으면 좋겠습니다.

33 치유문화성지 호암마을(강칼라 수녀 마을) 이장 "방부혁"

● 고창군 고창읍 호암마을
● 호암이장

민선 7기 유기상 군수의 군정 평가

잘한 일 3가지

① 여성 친화 도시 선언은 도시 지역에서나 있을 법한 정책인데, 지방 군 단위 지역에서는 다소 생소한 느낌이 들었지만 인구 소멸 지역으로 예상되는 고창에서 여성이 안전하고 행복하게 살 수 있는 여건이야말로 미래를 바라보는 훌륭한 정책이라고 생각됩니다.

② 농민수당은 우리 농민들이 꾸준히 주장했던 사항인데, 국가에서 응답하리라고 여겼지만 우리 고창군이 선도적으로 시작을 한다는 것 자체가 농민 군수로서 자질이 있으시다고 생각합니다.

③ 동학농민혁명 교과서 수록은 일반 군민은 관심이 다소 떨어지는 사항이지만, 엄밀히 말씀드리면 고창군은 인근 정읍시, 장성군, 부안군보다 늦게 기념사업을 시작했으며, 오로지 기념일에 중점을 두다 보니 역사 교과서에서는 무장봉기 정도만 몇 줄 기술되어 대단히 안타까웠는데, 이제야 학생들이 고창동학농민사를 들여다볼 수 있는 여건을 만들어서 늦었지만 다행이 아닐 수 없습니다.

④ 노을대교는 단순히 다리 하나가 건설되는 것이 아니고 단절된 구간을 연결해서 미래 발전에 커다란 성과를 가져다줄 것이라고 생각합니다.

아쉬운 점

① 부드러운 리더십이 군민이 보기에는 좀 답답한 느낌이었습니다. 좀 더 강한 추진력으로 군정을 이끌어갔으면 하는 아쉬움이 있습니다.

② 컨트롤타워에서 좀 더 조직을 강화해서 군정을 굵고 강하게 추진하여 고창군의 농수특산물을 고급화(상품, 브랜드 등)하여 부자 되는 고창군을 만들었으면

좋겠습니다.

민선 8기에 바라는 정책, 시책, 민원

① 노을대교 설계: 이름만 노을대교가 아니라 대교
는 노을 형태로 설계해야 하며 갓길을 같이 설계해
서 사람이 도보로 다닐 수 있게 하고 자전거도 다닐
수 있도록 설계했으면 좋겠습니다. 따라서 사계절

항시 5시 정도면 센서가 작동하여 노을축제가 열리면 좋겠고, 고창 쪽에 조형물
이 있었으면 합니다.

② 동우팜 입주 찬성: 다만 전 세계가 물 부족으로 심각하게 바라보고 있어 대책
을 세우지 않으면 군민의 민심이 요동칠 수 있습니다. 대책으로 해양 심층수 개
발을 통하여 미래에 대비를 했으면 합니다.

③ 예산 문제:

- 14개 읍면 중 80세 장수마을로 한 마을 선정(효녀상, 효자상 수여)
- 서해안 관광철도 대비: 대기업 사업 참여로 고창 서해안 관광 벨트 개발로 고
창 소멸을 막고 아름다운 미래를 설계하여 미래 세대에게 희망을 줍시다.
- 운곡습지 주변산 호암 범바위에 고창운곡습지를 알릴 수 있는 조형물을 세워
청정 지역 고창을 알렸으면 합니다. 서해안고속도로로 운전하다 보면 경관이 아
름다운 호암 범바위가 눈앞에 가까이 보입니다.
- 고창시장 사거리 도로 근처에 노인 분들이 쉬어 갈 수 있는 쉼터를 만들어주세
요. 어르신들이 커피 한잔 드실 수 있는 쉼터 공간에서 쉬고 계실 때 모시러 온 자
녀들이나 지인들의 차가 주차할 수 있는 공간을 조성해주시면 어르신들의 이동
에 편리할 것입니다. 안내자 공무원이 배치된다면 더 좋겠지요.

내가 군수라면 하고 싶은 일이 있으신가요?

고창만의 고급화한 미래 먹을거리를 창출했으면 좋겠습니다.

개인적 소망과 목표가 있으시다면?

다 함께 나누는 기부문화가 더 활발해져서 군민이 모두 행복했으면 좋겠습니다.

기타, 하고 싶은 말씀이 더 있으시다면?

유기상 군수님 건강하시고 2022년 임인년에도 꼭 기상하세요.

고창 호암마을 '생생마을 만들기' 소득·체험 분야 '장려상'

전북 고창군은 고창읍 호암마을(대표 방부혁)이 제7회 전라북도 생생마을 만들기 콘테스트에 참여해 소득·체험 분야 장려상을 수상했다고 8일 밝혔다.

생생마을 만들기 콘테스트는 전북도가 매년 생생마을 만들기 지원 사업의 우수 사례를 공유, 확산하고 마을의 자부심과 의욕을 높이기 위해 추진하고 있다.호암마을은 생생마을 만들기 콘테스트에 소득·체험 분야로 신청해 현장 평가 등을 통해 장려상을 수상했다.

부상으로 받은 시상금 70만 원을 마을 꽃밭 가꾸기로 활용할 계획이다.

호암마을은 1947년 한센인 집단 정착지로 마을이 형성돼 1961년 말 고창 천주교회의 공소(동혜원)가 들어선 곳이다.

특히 '한센인의 어머니', '푸른 눈의 천사' 강칼라 수녀가 50년 넘게 호암마을에 머물면서 마을 공동체 활성화와 주민 소득을 높이기 위해 마을 테마를 힐링·체험 공간으로 조성한 곳이다.

'호암-힐링스테이', '생태마을에서 만나는 따뜻한 생태밥상', '모여라 산골 캠핑장으로' 등 삶에 지친 도시민들이 위로받고 에너지를 얻어갈 수 있도록 주민들이 함께 노력하며 마을을 만들어가고 있다.

앞서 5월에는 예비 마을 기업으로 선정되었고, 하반기에는 체험·휴양마을 신청 등 마을 소득 안정과 지속 가능한 마을 공동체를 위한 사업을 계획 중이다.

방부혁 호암마을 대표는 "이번 콘테스트 수상을 통해 공동체의 가치와 농촌 활력의 중요성을 다시 한 번 생각해보는 기회가 됐다"라며, "생생마을 만들기를 통해 마을 공동체를 활성화하고, 주민들의 삶이 활기찬 농촌이 되길 바란다"라고 말했다.

- 박제철 기자, 《뉴스1》, 2020년 7월 8일

3

보도자료와 화보로 보는

군민 속으로 달려간
4년의 발자취

①
농민군수, 효자군수, 서민군수로
새로운 고창시대를 열다

농생명문화 살려 다시 치솟는
한반도 첫 수도 고창

01 고창 미래먹거리
농생명식품

① 고창 동호항, '어촌뉴딜300' 사업 선정
② 고창군, 전라북도 최초 농민수당 지원
③ 농생명식품 수도 고창군과 식품기업이 손잡으면 대박난다
④ [대한민국 식초도시 선포] "군민 모두가 지역농산물로 식초 만들기"
⑤ 고창 '황토배기 수박' '복분자 선언', 2020국가브랜드 대상
⑥ 경관농업 1번지 고창, 유채꽃으로 경관 '살리고', 소득 '올린다'
⑦ 고창군 대표 먹거리 고품질쌀 가공시설, 고구마 가공공장 공사 착착 진행
⑧ 높을고창 건고추, 전국 롯데백화점 26개점 입점판매 실시

① 고창 동호항, '어촌뉴딜300' 사업 선정

● 해수부 어촌 뉴딜 1년차 공모 선정…
79억 원 국비 확보' 쾌거' ` 고창에서 만나는 어촌의 미래 노을미항' 목표 각종 사업 추진

● 고창군은 최근 해양수산부 '어촌뉴딜300사업'공모사업에 '노을이 아름다운 동호권역
(어항·어촌, 총사업비 113억 원 상당)'이 최종 선정되는 쾌거를 이뤄냈다.

● 이 사업은 어촌의 핵심자원을 활용해 차별화된 콘텐츠를 발굴하고, 수산특화사업 등 어
촌·어항의 체계적인 통합개발을 통해 해양관광활성화와 어촌지역의 혁신성장을 견인하기
위해서다.

● 문재인 대통령의 국정 10대 과제 중 하나로 선정돼 4년 동안 총 3조135억 원을 투입해
2019년 70개소를 시작으로, 2022년까지 300개소까지 늘릴 계획이다.

● 고창군은 지난 8월말 어촌뉴딜300사업 해수부 지자체 간담회 직후 9월 공모신청 전
동호권역 자원조사, 지역대표 협의, 관련분야 전문 용역기관 및 전문가 자문을 진행했다.

동호권역은 조선시대 칠산어장의 중심배후에 위치한 옛 전통 해상물류 요충
지인 조기파시 한 곳을 담당했던 동백정포(포구, 동호항), 영신당, 어업조합, 위
판장 등 옛 명성과 관련 역사, 문화가 정리 보전돼 있다. 특히 젓새우, 동죽 등 다
양한 수산물이 생산되고, 당산제, 동백숲, 해수욕장, 자연경관, 생활사, 문화, 갯
벌생태 등 수산 특화개발 및 어촌관광 자원을 보유해 어촌뉴딜 300사업을 통한
혁신어촌 구현의 최적지로 손꼽혀 왔다.

고창군은 이번 어촌 뉴딜300 사업선정으로 내년부터 동호지역 어촌재생 사
업이 본격 추진될 것으로 보고 있다. 총 113억 원(국비 79억 원)이 투입되는 동호

어촌뉴딜300사업은 "고창에서 만나는 어촌의 미래 노을미항"을 비전으로 삼았다. 전략계획으론 ▲어부과 관광객이 되는 즐거운 어촌 ▲관광객이 찾아오는 매력적인 어촌 ▲평범함의 가치를 발굴하는 소중한 어촌으로 꾸려진다. '어항현대화 사업'으로 노후어항시설 정비, 젓새우 세척시설, 부잔교 어업공간, 어구어망 보관창고, 어항 친수공간이 만들어진다. '특화사업'으로 수산물카페, 갤러리, 어부쉼터 역할을 하는 노을센터, 갯벌전망대, 어울림정원, 광장, 당산정비, 소응포 봉수대 복원, 뻘카페촌, 노을스테이도 조성돼 지역을 찾는 관광객들의 발길을 사로잡을 예정이다.

특히 동호 주력 수산업인 '젓새우'를 활용한 수산특화사업도 구상된다. 젓새우 발효저장부터 판매, 시식, 체험을 위한 '수산물 동굴장터(일제시대 동굴 3개소를 복원)'를 만들고, 노을과 수백년 해송의 아름다움을 더할 경관조명과 오토캠핑장 등이 들어설 예정이다.

그간 고창군에서는 유기상 군수, 송하진 도지사, 최정호 정무부지사를 비롯해 유성엽 의원, 정운천 의원, 이수혁 의원과 긴밀한 협업을 통해 해양수산부와 국회를 수차례 방문하고 사업계획의 타당성과 실현 가능성을 최대한 부각시켜 왔다.

고창군 라남근 해양수산과장은 "새로운 소득원 창출과 매력적인 어촌어항 조성으로 가고 싶고 살고 싶은 동호어촌·어항이 조성될 것으로 기대한다"며 "앞으로 사람 찾는 어촌·어항이 실현될 수 있도록 다양한 사업을 적극적으로 발굴 할 계획"이라고 말했다.   2018년 12월 18일

② 고창군, 전라북도 최초 농민수당 지원

- 고창군 농민지원조례 제정 확정..지역 농민들에게 연 60만 원 상당 고창사랑상품권지급
- "식량의 안정적 공급 등 수많은 공익적 가치를 창출하는 동학농민혁명 후예들에 대한 사회적 보상"

고창군이 전라북도 최초로 농민수당 지급에 나선다. 26일 고창군에 따르면 지역 농민들에게 연 60만 원 상당의 고창사랑상품권 지급을 골자로 하는 '고창군 농업·농촌 공익가치 증진을 위한 농민지원조례'를 제정, 이날 고창군의회 본회의에서 최종 확정됐다. 전라북도 첫 시행이다.

앞서 유기상 고창군수는 농민수당 지급을 민선 7기 농업정책의 핵심공약으로 내걸고 지속적으로 소통·협력해 왔다. 행정, 의회, 이장단, 농업인단체, 여성단체, 유관기관, 외부전문가로 구성된 농민수당 추진위원회를 구성했고 수차례의 회의를 통해 사업기본계획을 마련했다.

지원대상은 신청연도 직전 2년 이상 고창군에 주소를 두고 계속 거주하고 있는 농업경영체를 등록한 농가다. 연 60만 원을 농가별로 균등지원하고, 지원금 100%를 고창사랑 상품권으로 연 2회 상·하반기로 지급해 지역경제 활성화를 도모할 계획이다. 농민지원은 농업경영체 등록농가의 농가단위로 지원한다. 마을회의와 고창군 농업·농촌 공익가치 증진을 위한 농민지원 심사위원회의 심사 및 농외소득을 검증해 올해 하반기에 지원할 예정이다.

한편, 현행 '농업·농촌 및 식품산업기본법'에선 '농업·농촌의 공익기능'으로 ▲식량의 안정적 공급 ▲국토환경 및 자연경관의 보전 ▲수자원의 형성과 함양 ▲토양유실 및 홍수의 방지 ▲생태계 보전 ▲농촌사회의 고유한 전통과 문화 보전 등을 제시하고 있다.

2019년 6월 26일

③ 농생명식품 수도 고창군과 식품기업이 손잡으면 대박난다

● '소비자가 선정한 농업-기업간 상생협력 우수 기업'.. 9곳 중 3곳 고창과 깊이 연관
● 상하농원,국순당고창명주, 블랙보리 등.."대한민국 농식품산업의 새로운 부가가치 창출 모델"

농생명식품 수도 고창군과 국내 주요 식품 대기업의 상생협력이 대한민국 농식품 산업의 새로운 부가가치 창출 모델로 주목 받고 있다.

19일 고창군에 따르면 지난 18일 국회의원회관에서 농림축산식품부가 주최하고, 시민단체 (사)소비자공익네트워크가 주관한 '2019농업-기업간 농식품 상생협력 우수기업 선정 기념식'이 진행됐다.

특히 이날 선정된 국내 9곳의 식품기업 가운데 무려 3곳이나 고창군과 상생협력 사업을 진행하고 있어 관심이 집중됐다. 먼저, 매일홀딩스의 상하농원은 지난 2016년 고창군 상하면 일원에 개장 이후 약 33만명이 찾으며 지역의 랜드마크로 자리매김 하고 있다. 또 지역소득증대, 일자리 창출 등에도 이바지하고 있어 지역주민과 민관의 선도적인 상생사례로 타 지자체의 벤치마킹이 잇따르고 있다.

국순당은 2006년 고창군 심원면에서 지역농민들과 함께 농업회사법인 국순당 고창명주를 설립했다. 원료공급은 법인에 참여한 고창 농민들이 생산한 고품질의 복분자를 수매했고, 양조기술이 앞선 국순당의 기법이 결합돼 시너지 효과

를 낸 사례다. 국순당고창명주의 지난해 매출액만 18억 원에 달한다.

하이트진로음료 역시 고창산 블랙보리를 수매해 음료를 생산하고 있다. 앞서 하이트진로음료는 검정보리 주 재배지인 고창군, 농촌진흥청 국립식량과학원 등과 협력해 '블랙보리'를 개발했다. 보리수매제 폐지 후 위축됐던 국내 보리산업 발전에 기여하고 있다는 평을 받고 있다.

이 같은 우수사례는 고창의 자연환경과 농업인들의 노하우, 적극적인 행정기관에 맞아 떨어진 결과라는 분석이다.

고창군은 산, 들, 바다, 강, 갯벌이 모두 있어 신선한 원재료 조달이 쉽다. 또 수박, 복분자, 멜론, 고구마, 땅콩 등 타 시·군에선 쉽게 시도할 수 없는 특작작물이 재배되면서 '특별한 맛'을 선보이려는 식품기업들의 안정적인 테스트베드가 되어주고 있다. 여기에 군 단위로는 드물게 고속도로 IC가 3곳(선운산, 고창, 남고창)이나 있어 유통도 편리하다.

고창군 관계자는 "민선 7기 고창군은 농생명 식품산업을 군정 최우선 정책으로 추진하고 있다"며 "식품기업은 안정적인 원료 확보를 통해 부가가치를 높이고, 국산 농산물 구매 증가 효과로 농업인들은 판로 확대와 소득 증대로 이어질 수 있도록 노력 하겠다"고 밝혔다.

한편, 이날 선정기업은 정식품, 하이트진로음료, 국순당, 매일홀딩스 상하농원, 스타벅스, 일화, 현대백화점, 행복에프앤씨재단, HDC신라면세점 등 9개사다. 농업계와 기업 상호 간 경쟁력 제고와 우리 농산물 소비 진작 및 판로 개척에 기여한 공로를 높이 평가 받았다.   2019년 9월 19일

④ [대한민국 식초도시 선포]
"군민 모두가 지역농산물로 식초 만들기"

- 군민 식초 만들기 체험 확대 등 생활 속에서 함께하는 건강 식초 즐거움 느끼기
- "자연과 문화, 먹거리가 어우러진 식초문화 도시를 위해 최선 다할 것"

농생명식품산업 수도 고창군이 모든 군민이 식초를 만들고, 즐기는 문화 만들기에 나선다. 30일 고창군에 따르면 오는 1일 '대한민국 식초도시 선포식'을 앞두고 식초문화도시 고창군의 향후 추진계획과 미래비전이 공개됐다.

고창군은 "복분자 등 고품질 원재료의 1차 생산에 머물지 않고, 가공, 유통, 판매, 체험을 통해 부가가치를 높이는 식초 산업은 농생명식품 수도 고창의 미래를 밝혀줄 블루오션이다"고 강조했다.

군은 향후 모든 군민이 식초를 만들 줄 알고, 마시는 문화를 만들어 천년을 이어 갈 식초 성지를 만들어갈 계획이다.

먼저, 초등학교부터 경로당까지, 모든 군민들에게 식초 만들기 체험 교육이 진행된다. 단순히 '손이 많이 가는 작업'에서 벗어나 재료를 직접 만지고, 항아리에 담고, 발효를 기다리는 과정에서 고창의 농식품에 대한 이해를 높이고, 슬로푸드의 이로움에 대해 알아가는 계기가 되길 기대한다.

또 '식초산업' 선점 효과를 극대화해 관련 세미나, 문화강좌, 전시회, 엑스포 등의 개최로 지역에 활력을 불어넣는다. 여기에 도시민의 농촌체험과 웰파크시티(병원, 온천, 골프장, 펜션 집접화), 상하농원, 선운사 등의 힐링 휴양기능과 연계해 '식초'를 활용한 건강식으로 시장성을 확장해 나간다.   2019년 10월 30일

⑤ 고창 '황토배기 수박' '복분자 선연', 2020국가브랜드 대상

● 황토배기 수박 11년 연속, 복분자 선연 10년 연속 수상의 대업 이뤄
● 1인 가구 증가에 따른 시장대응력 높이고, 엄격한 품질관리로 호평

'한반도 첫 수도 고창군'의 명품 농특산물인 '고창 황토배기 수박'과 '고창 복분자 선연'이 10여년간 국가 대표 브랜드 자리를 굳건히 지켰다.

14일 고창군에 따르면 이날 오전 서울 소공동 롯데호텔에서 열린 중앙일보·이코노미스트 주최 '2020국가브랜드 대상' 시상식에서 수박과 복분자 부문 대상으로 선정됐다.

고창 황토배기 수박은 11년 연속, 복분자 선연은 10년 연속의 대상 수상의 대업이다. 황토배기 수박은 품질이 우수할 뿐만 아니라 1인 가구와 핵가족 증가에 대응하는 소과(小菓)형태의 수박을 출시하는 등 시장 대응력을 높였다. 고창 복분자 선연은 지리적표시제 등록, 생산이력제 실시 등 엄격한 품질관리 노력이 심사위원단의 호평을 받았다.

'국가브랜드대상'은 해당 브랜드의 시장 점유율, 경영성과 등을 기준으로 부문별 후보 브랜드를 선정했다. 특히 18일동안 국내 소비자 1만 2,000명을 대상으로 브랜드 인지도, 대표성, 만족도, 글로벌 경쟁력 등을 항목으로 하는 온라인 소비자 조사와 브랜드 전문가의 엄중한 심사를 통해 최종선정이 이뤄졌다.

2020년 5월 14일

⑥ 경관농업 1번지 고창,
　 유채꽃으로 경관 '살리고', 소득 '올린다'

● 고창군 대단위 경관지구(여의도면적 5.7배) 조성사업 박차

　'대한민국 경관농업 1번지' 전북 고창군이 올해 유채꽃으로 또 한 번의 도약을 준비하고 있다.

　고창군이 지난 2일 오후 군청 5층 대회의실에서 '2021년 경관지구 조성사업 추진상황 보고회'를 열었다. 이날 보고회에선 천선미 고창부군수, 농수축산경제국장, 농생명지원과장과 14개 읍·면장과 추진위원장이 참석했다.

　고창군은 올해 지역별 특색있는 경관지구 1673ha(여의도면적 5.7배)를 추진하고 있다. 이를 통해 환경보전, 관광농업 증진, 농가소득 증대, 지역경제 활성화 등 다양한 방법으로 미래농업 성장을 이끌 계획이다.

　참석자들은 그간 진행된 추진상황을 점검해 문제점과 대책방안을 모색하고 향후 추진방향을 논의했다.

　특히 성공적인 경관지구 조성을 위해 월동 후 영양생장을 시작하는 시기에 추비 시용, 눈과 비로 인해 습한 토양에 대한 배수관리와 발아되지 않거나 얼어붙은 농지에 대한 추가 파종 등에 대해 심도 깊은 의견을 나눴다.

2021년 2월 3일

⑦ 고창군 대표 먹거리 고품질쌀 가공시설, 고구마 가공공장 공사 착착 진행

유기상 고창군수가 1일 고창일반산업단지 내 고구마 가공공장과 고품질쌀 가공시설 공사 현장을 찾아 관계자들을 격려했다.

한창 공사가 진행 중인 고구마 가공공장과 고품질쌀 가공시설은 지난 2019년에 각각 농림축산식품부 공모사업에 선정됐다.

고구마 가공공장은 총사업비 84억 5,000만 원을 투자해 올해 8월까지 고구마 가공시설(2515㎡)과 홍보실 및 사무실(808㎡)을 짓는다.

고품질쌀 가공시설은 총사업비 80억 원을 들여 7월까지 가공시설(2165㎡)과 건조·저장시설(1310㎡) 완공을 목표로 구슬땀을 흘리고 있다.

현재 공정률은 각각 고구마 가공공장 30%, 고품질쌀 가공시설 40%로 목표 기간내 차질없이 준공될 전망이다. 시설이 완공된 후 본격적으로 고창군 대표 먹거리인 고구마와 쌀이 소비자에 선보일 준비에 들어가게 된다.

현재 고창군 대표 브랜드 '높을고창 쌀'은 친환경으로 재배된 수광(품종)벼를 최고의 품질로 가공하여 10㎏당 5만 원의 높은 가격으로 납품하고 있다. '높을 고창 고구마' 역시 협의회를 통해 품질관리 기준을 마련하고 있으며, 늦어도 하반기에는 소비자에 선보일 예정이다.

2021년 4월 1일

⑧ 높을고창 건고추, 전국 롯데백화점 26개점 입점판매 실시

고창군이 최근 '높을고창' 브랜드인증을 받은 건고추를 전국 롯데백화점 26개점에서 판매한다고 밝혔다.

높을고창 브랜드는 고창군 농특산품 프리미엄 브랜드로 지난해 수박, 멜론, 친환경 쌀에 이어 올해 고추, 고구마, 김, 딸기 브랜드 인증을 통해 소비자와 만날 예정이다.

높을고창 건고추는 출하등급 특품, GAP 인증, 길이 13㎝~18㎝, 중결점과가 없는 품질기준을 적용한 제품이다. 백화점에서 3㎏ 14만 8,800원으로 높은가격으로 판매가 진행되고 있으며 향후 높을고창 고춧가루(300g, 500g) 또한 출시할 예정이다.

(사)고창고추연합회 이한성 대표는 "높을고창 건고추는 유네스코 생물권보전지역인 고창에서 미네랄이 풍부한 황토와 서해안 해풍을 맞고 생산되는 고추로 맛과 향이 뛰어나다"고 말했다. 2021년 8월 27일

3장 | 군민속으로 달려간 4년의 발자취

02 품격있는 역사문화 생태관광 기반조성

① 동학농민혁명의 발상지 고창무장봉기, 126년 만에 모든 한국사 교과서 수록

② 고창군, 국내최대 천일염전(고창 심원염전) 보존해 명품 생태체험학습장 만든다

③ 고창군, '문화, 어머니 약손이 되다. 치유문화도시 고창' 예비 문화도시 확정

④ 문화재청, '고창 봉덕리 고분군 출토 금동신발' 국가보물 지정예고

⑤ '전봉준 생가터' 등 고창지역 문화유산 4건, 전북도 문화재 지정 '쾌거'

⑥ "고창갯벌", '한국의 갯벌' 유네스코 세계자연유산 등재 확정!

⑦ 고창 병바위 일원, '국가명승' 지정예고

⑧ 고창고인돌·운곡습지마을, 세계관광기구 선정 '최우수 관광마을'로 우뚝

① 동학농민혁명의 발상지 고창무장봉기,
126년 만에 모든 한국사 교과서 수록

● 2020년 개정 고교 역사교과서 전체(8종) "고창 무장기포는 동학농민혁명의 시작"

동학농민혁명의 시작이 무장(전북고창)봉기 라는 사실이 역사학계에선 이미 정설이 되었음에도 교과서에 실리지 못했는데, 올해 개정된 고등학교 한국사 교과서에 역사적 사실로 수록되면서 126년 만에 동학농민혁명의 발상지 고창이 국민들에게 각인될 수 있게 됐다.

특히 '국가기념일 무장포고문 낭독', '성지화 사업 국가예산 확보'에 이은 '역사교과서 수록'으로 고창군의 동학농민혁명 자긍심 찾기 노력이 빛나고 있다.

22일 고창군에 따르면 2020년 새학기부터 사용되는 고등학교 8종의 한국사 교과서(2019년 11월 27일 검정) 전체에서 고창 무장봉기(무장기포)를 기술하고 있는 것으로 확인됐다. 이는 동학 전문연구자들과 고창군민 등 소수만 알던 역사적 사실이 국민적 공감대를 얻는 획기적인 계기가 될 전망이다.

각 교과서는 무장봉기(무장기포)에 대해 "1894년 음력 3월20일(양력 4월25일) 고부 봉기에 실패한 전봉준이 손화중과 힘을 합해 고창 무장에서 일으킨 대규모의 농민 봉기"로 기술했다.

또 1954년 국내 최초로 교과서를 만들기 시작한 미래엔 등 일부 교과서는 '무장포고문'과 '4대 강령' 등을 수록하기도 했다.

'고창 무장기포'는 전라도에서 가장 큰 동학세력을 구축한 무장지역의 접주 손화중과 합류한 고창출신 전봉준 등이 동학농민혁명의 대의명분을 함축해 전라도 지역뿐만 아니라 전국에 격문을 보내 농민군들의 합류를 촉발했다.

특히 무장기포는 혁명의 이념과 지표인 '무장포고문'과 농민군 행동강령인 '4대 강령'을 정립 발표함으로써, 소규모 농민 소요가 농민 혁명의 틀을 갖춘 것으로 평가된다. 여기에 동학농민혁명이 지역적 한계를 벗어나 전국적인 대규모 항쟁으로 커지고, 우리나라 역사 민족·민중항쟁의 근간으로 평가받고 있었다.

한편, 농민군이 발표한 '무장포고문'에는 부패로 위기에 처한 국가를 구하겠다는 '보국안민'이라는 농민군의 주체의식이 나타나고 있어 기존에 일어났던 민란과는 차원이 다른 혁명으로 진화한 것으로 학계에선 평가하고 있다.

이에 고창군에선 매년 전봉준 장군 탄생 기념제, 무장기포기념제와 녹두대상 시상, 학술대회 등을 통해, 세계 4대 시민혁명보다도 빛나는 '동학농민혁명'의 역사적 재평가 작업과 동학 선열들에 대한 선양사업을 계속해 가고 있다.

민선 7기 고창군은 동학농민혁명 성지화 사업으로 ▲무장기포 역사교과서 수록 ▲고창 농학농민혁명 성지화 사업 ▲무장기포지·전봉준 장군 생가터 국가사적 등재 등을 적극적으로 추진해 오고 있다.　　　　　　　2020년 4월 22일

② 고창군, 국내최대 천일염전 보존해
명품 생태체험학습장 만든다

● 고창군, '일몰경과 함께하는 생물권 체험학습벨트' 조성위한 부지매입 본격화
● "역사문화적 자원을 보전해 해양 생태문화 관광자원화, 세계최고 명품 소금산업 육성"
● 지역주민대표, 생태전문가 등 민간추진위원회 구성

유네스코 세계자연유산에 도전 중인 전북 고창군이 국내 최대 천일염전을 보존해 명품 생태체험 학습장을 본격화한다. 천일염을 생산하는 삶의 현장으로서, 아름다운 경관을 연출하는 친환경적인 관광지로서의 가능성에 눈길이 쏠리고 있다.

27일 고창군은 "심원면 고전리 염전부지(65만평)에 '일몰경과 함께하는 생물권체험학습벨트 조성사업'을 추진한다"고 밝혔다. 고창군은 체계적인 개발을 위해 생태전문가를 포함한 민간추진위원회를 구성해 진행한다.

1단계로 2024년까지 '갯벌세계유산센터'를 짓고, 2단계로 염생식물원, 자연생태원, 소금관련 6차 산업화 단지를 조성한다. 이후 순차적으로 생태공원과 생물원 등이 들어설 예정이다.

3장 | 군민속으로 달려간 4년의 발자쥐

앞서 군은 2018년부터 국토교통부와 전라북도의 공동 용역사업을 진행했고, 지난해 연말 '제5차 국토종합계획(2020~2040년)'에 반영 시켰다. 고창군민의 대표기관인 고창군의회로부터 지난 5월 공유재산 심의 의결 과정을 통과해 국가예산 확보를 위한 사전 행정절차를 위한 토지 매입에도 속도를 내고 있다.

군은 이번 사업을 통해 고창갯벌을 보호하는 완충구역으로, 지속가능한 생물 다양성 유지를 위한 생태계 보전을 기대하고 있다. 실제, 한 해 600만명이 찾는 전남 순천만 국가정원의 경우, 세계 5대 연안습지중 하나인 순천만습지의 파괴를 최소화 하고 도심 확장도 막는 완충지대로 만들어 대성공을 거뒀다.

특히 염전의 근대 문화적 가치를 보존하기 위한 테마형 생태관광 전략도 추진된다. 천일염은 갯벌 안에서 소금을 생산하는 '염부(鹽夫)'가 물과 태양, 바람, 기상 등에 대한 경험적 지식과 기술로 염도를 조절하고, 이를 고된 노동을 통해 일궈낼 때 비로소 탄생한다. 천일염을 만들어 내기 위해 염전에 자리한 각종 소금창고를 비롯한 건축물들은 염부들의 삶의 터전이자 근대에서 현재까지 이어진 산업시설로서의 가치가 높다.

염전 폐업으로 삶의 터전을 빼앗겨 생계 곤란을 겪는 염전농가의 지속적인 생산활동 보장 등도 고려됐다.

군은 1단계로 국토부 용역을 통해 세계자연유산 등재 예정지인 고창갯벌과의 동선과 접근성 등을 고려해 '갯벌 세계유산센터' 건립을 위한 최적의 위치를 선정했다.

군의 로드맵에 따르면 1차로 350억 원의 자체 예산을 활용해 일부를 매입하고, 내년 190억 원, 2022년 160억 원 예산 확보후 전체 부지 매입을 완료할 방침이다.

고창군 관계자는 "군의 재정 여건상 한번에 700억 원 대의 예산 투입에 어려움이 커 3년간 순차적으로 부지 매입을 추진한다"며 "잔여부지 일대는 고창군의 관리계획(문화시설) 결정고시로 일부에서 우려하는 태양광 시설 설치는 불가능하다"고 밝혔다.   2020년 8월 27일

③ 고창군, '문화, 어머니 약손이 되다.
   치유문화도시 고창' 예비 문화도시 확정

- 문체부, 고창군 등 전국 10곳 지자체 법정 문화도시 예비도시로 선정
- "지친 몸과 마음을 치유하고, 새로운 일상을 위한 활력을 되찾는 최적지, 고창"

전북 고창군이 국가지정 '법정 문화도시(예비)'에 선정돼 '치유와 힐링' 도시로의 성장 발판을 마련했다.

문화체육관광부는 24일 고창군을 포함한 총 10곳을 법정 문화도시(예비)로 선정했다고 밝혔다. 법정 문화도시 사업은 지역별 특색 있는 문화자원을 활성화하기 위해 문체부가 각 지자체에 지원하는 사업으로 2018년 처음 시행됐다.

고창군은 지난해 문화관광재단 설립과 문화도시 시민추진단 조직 등 지역 문화인력과 왕성한 공동체 활동을 펼치며 문화도시 지정을 위해 총력전을 펼쳐왔다. 특히 문화도시 고창 공동선언과 2차례에 걸친 대군민 원탁토론회 등 2년여간 내실있는 사업계획을 준비해 왔다.

전국 41개 지자체가 치열하게 경합한 가운데 고창군은 '문화, 어머니 약손이 되다. 치유문화도시 고창'을 주제로 심사위원들의 호평을 이끌어 냈다. 고창군

의 산, 들, 강, 바다는 오랜 '집콕'생활로 지친 몸과 마음을 치유하고 새로운 일상을 위한 활력을 되찾기에 최적의 장소다.

실제 선운산, 고창갯벌, 고인돌, 운곡람사르습지, 고창읍성 맹종죽림 등 천혜의 자연환경 속 명상 힐링 성지로 주목받고 있다. 여기에 상하농원 동물교감 체험, 동호해수욕장 모래찜질, 석정온천 스파 등 지친 몸과 마음을 치유하고, 재충전하는 명소가 곳곳에 포진해 있다.

앞서 고창군은 1차 서면심사, 2차 현장평가, 3차 문체부 최종심의의 힘든 과정을 성공적으로 마쳤다. 이번에 선정된 10개 예비도시는 '지역문화진흥법'에 따라 1년간의 예비 사업 평가를 거치게 되며 문화도시로 최종 지정되면 국비 포함 5년간 최대 200억 원의 사업비가 투입된다.

2020년 12월 24일

④ 문화재청, '고창 봉덕리 고분군 출토 금동신발' 국가보물 지정예고

● 가장 완전한 형태와 화려한 문양 등 최고 금속공예 기술 반영

전북 고창군이 사적 제531호인 고창 봉덕리 고분군(高敞 鳳德里 古墳群)에서 출토됐던 '금동신발(金銅飾履)'이 국가지정문화재인 보물로 지정예고 됐다고 17일 밝혔다.

금동신발은 우리나라 삼국시대 중요 무덤에서 출토되어 당시 장례문화를 알려주는 대표 유물이다. 화려한 문양과 크고 내구성이 매우 약해 *부장품으로 특별 제작된 것으로 추정된다. '금동신발'은 19점 정도가 출토됐으나 그동안 문화재로 지정된 바가 없어 이번 국가지정문화재로 지정 예고된 것이 첫 사례다.

'고창 봉덕리 고분군 출토 금동신발'은 고창군 아산면 봉덕리에 위치한 4기의 대형 *분구묘 중 규모가 큰 1호분의 4호 돌방무덤 내 양쪽 발 부분에서 출토됐다. 오른쪽 신발 내에서는 발뼈, 왼쪽 신발에는 직물류 흔적도 확인됐다.

특히 4호 돌방무덤은 도굴되지 않은 무덤으로, 금동신발 한 쌍은 발목깃 부분까지 완벽한 형태이면서 보존상태가 가장 양호해 중요 유물로 평가됐다.

금동신발의 전체 형태는 발목깃을 갖췄고 앞쪽은 뾰족하면서 약간 위로 들렸

고, 중간 바닥면은 평평하며, 뒤쪽은 약간 좁아져 둥근 편으로 마치 배 모양을 띤다. 발등과 뒤꿈치를 2개의 옆판으로 결합하였고, 바닥과 옆면 등 전체를 *투조(透彫, 맞새김)로 만들었다. 바닥에는 스파이크 모양으로 된 금동 못 18개를 부착했다. 부착된 곳에는 연꽃무늬로 장식하는 등 마한~백제지역 금동신발의 특징과 당시의 정교한 금속공예 기술수준을 잘 보여준다.

특히, 신발의 바닥 중앙에는 용(龍)이 새겨져 있고, 발뒤꿈치 부분에는 역사상(力士像), 전체적으로 거북이등껍질 무늬와 같은 육각문(六角紋) 내에 용과 봉황, 인면조신(人面鳥身, 얼굴은 사람이고 몸통은 새인 상상의 동물), 괴수(怪獸), 연꽃 등이 새겨져 있다.

또 여백의 공간에도 사람 얼굴을 새기는 등 다양한 상서로운 상징물을 매우 사실적이고 입체감 있게 장식하여 5세기대 백제의 뛰어난 금속공예 유물로 평가받았다.

고창 봉덕리 고분군의 금동신발은 함께 보물로 지정예고된 나주 정촌고분의 금동신발보다 시기적으로 앞서 제작됐고, 현재까지 출토된 금동신발 중 다양한 문양과 가장 완벽한 형태로, 고대의 전형적인 금속공예 특징을 보여주고 있어 그 우수성을 인정받았다.

따라서 고창 봉덕리 고분군 출토 금동신발과 화려한 유물들은 고창지역 마한(모로비리국)이 백제, 일본, 중국 등과 활발한 교류를 맺으며 성장한 중심세력이었음을 반증하고, '금동신발'은 제작기법과 문양 시문 등을 미루어 볼 때, 금동신발 제작기술의 최절정기에 만들어진 것으로 추정하고 있다.

한편, 현재 고창군은 고창 봉덕리 고분군(사적 제531호), 만동유적(도기념물 제126호), 칠암리 고분(향토문화유산 제11호)이 문화재로 지정됐고, 최근 '고창의 마한유산 도록' 제작과 '고창 예지리토성', '봉덕리 고분군 3, 4호분' 등의 시굴조사 등 각종 학술조사를 통해 문화재 지정을 추진할 예정이다. 이에 더해 지난해부턴 '고창마한유적 세계유산 등재를 위한 학술조사'도 추진하고 있다.

2021년 2월 17일

---

* 부장품(副葬品, 껴묻거리): 무덤 안에 주검을 묻을 때 함께 넣은 물품
* 분구묘(墳丘墓): 흙 등을 쌓아 올려 쌓은 다음 그 안에 매장시설을 설치하는 무덤양식
* 투조(透彫): 금속 등의 재료를 뒷면까지 완전히 도려내어서 모양을 표현하는 조각기법

⑤ '고창군 전봉준 생가터' 등 고창지역 문화유산 4건, 전북도 문화재 지정 '쾌거'

● '고창 전봉준 생가터', '고창 석탄정', '고창 삼호정', '고창 선운사 영산전' 총 4건 지정

고창군 죽림리 당촌마을의 전봉준 생가터 등 고창지역의 문화유산이 전북도 지정문화재로 4건이나 지정되는 쾌거를 거뒀다. 9일 고창군에 따르면 이날 '고창 선운사 영산전(도유형 제277호)', '고창 석탄정(도유형 제278호)', '고창 삼호정(도유형 제279호)', '고창 전봉준 생가터(도기념물 제146호)'가 전라북도지정문화재인 유형문화재과 기념물로 각각 지정됐다.

이번 지정된 문화재들은 전라북도문화재위원회의 현지조사를 거쳐 문화재 지정예고(30일간) 기간 동안 이해관계자들로부터 의견을 받아 도문화재위원회에서 지정 심의 후 최종 확정됐다.

도 유형문화재와 도기념물로 지정된 4건을 살펴보면,

'고창 선운사 영산전(高敞 禪雲寺 靈山殿)'은 대웅전, 만세루와 함께 선운사를 대표하는 불전이다. 1713년에 2층 각황전으로 창건되었다가 1821년 단층으로 재건하는 등 연혁과 관련된 기록이 명확하고, 19세기 초 부불전의 특징을 잘 보여

고창 선운사 영산전(高敞 禪雲寺 靈山殿)'

3장 | 군민속으로 달려간 4년의 발자취

주고 있다. 1고주 7량가 양식을 적용하면서 다른 사찰의 영산전 건물과 다른 형식의 구조, 공포, 평면구성을 보여주고 있어 건축적 독창성과 희소성을 가지고 있다. 또 영산전 내에는 고창 선운사 영산전 목조삼존불상(도유형문화재 제28호) 및 16나한상과 함께 건물 내부 벽면에는 1821년 재건 당시의 벽화가 조성되어 있어 미술사적인 가치를 지니고 있는 등 건립 당시의 원형을 비교적 잘 간직하고 있다.

'고창 석탄정(高敞 石灘亭)'은 1581년 석탄(石灘) 류운(柳澐)이 낙향 후 학문 강론을 위해 건립한 정자(1830년 중건)다. 넓은 평야에 동산처럼 솟아있는 암반지대에 운치 있게 나무와 정자를 세워 유유자적하며 풍류와 학문을 즐기던 공간으로 전해진다.

전라북도 누정 중에서 창건연대가 빠르며, 정면 3칸, 측면 3칸, 홑처마 팔작지붕 등 건축물의 가구구조가 독특해 건축학적 가치가 높다고 평가됐다.

'고창 삼호정(高敞 三湖亭)'은 옥천조씨 삼형제(인호 조현동, 덕호 조후동, 석호 조석동)의 호(湖)를 따서 1700년대에 지었고, 1864년에 중건한 정자다. 정면 3칸, 측면 3칸, 홑처마 팔작집 구조 등 조선 후기의 건축학적 특징을 잘 보여주고 주변 경관이 우수하다. 또한 형제간의 우애를 다지며 시를 쓰고 글을 읽으며 지냈던 당시의 유교문화를 엿볼 수 있는 장소로써 중요성을 인정받았다.

고창 석탄정(高敞 石灘亭)

'고창 삼호정(高敞 三湖亭)'은 옥천조씨 삼형제(인호 조현동, 덕호 조후동, 석호 조석동)의 호(湖)를 따서 1700년대에 지었고, 1864년에 중건한 정자다. 정면 3칸, 측면 3칸, 홑처마 팔작집 구조 등 조선 후기의 건축학적 특징을 잘 보여주고 주변 경관이 우수하다. 또한 형제간의 우애를 다지며 시를 쓰고 글을 읽으며 지냈던 당시의 유교문화를 엿볼 수 있는 장소로써 중요성을 인정받았다.

'고창 전봉준 생가터(高敞 全琫準 生家址)'는 '동학사', '병술보' 등 학술 고증과 많은 연구자들의 논문, 각종 학술조사, 학술대회, 촌로들의 증언 등을 통해 '전봉준(全琫準, 1855~1895) 장군'이 1855년 12월 3일 죽림리 당촌마을에서 때어나 13세까지 살았던 곳으로 확인됐다. '전봉준 생가터'는 한국 역사상 최대의 혁명적 사건인 동학농민혁명을 도모하고 이끈 최고 지도자가 태어나고 유년기를 보낸 상징적인 장소로 가치를 인정받아 전라북도 기념물로 지정됐다.

이어 "현재 심의 중에 있는 '고창 무장기포지', '고창 문수사 대웅전', '고창오거리당산제', '고창농악'의 국가지정문화재 승격과 '고창 상금리 고인돌군'에 대한 도기념물 지정 등을 위해서도 최선의 노력을 다하겠다"며 "고창군의 역사·문화적 가치와 위상을 높여 나감과 함께 문화유산의 체계적 관리와 활용방안을 모색해 나겠다"고 덧붙였다.

2021년 4월 9일

고창 삼호정
(高敞 三湖亭)

고창 전봉준 생가터
(高敞 全琫準 生家址)

⑥ "고창갯벌", '한국의 갯벌'
유네스코 세계자연유산 등재 확정!

● 고창군, 유네스코 세계자연유산 등재로 세계적인 역사문화관광지로 재조명
● 유네스코 중요프로그램 '그랜드슬램' 달성으로 진정한 세계유산도시로 발돋움!

'고창갯벌'이 유네스코 세계자연유산으로 등재됐다. 지난 26일 오후 7시께 중국 푸저우에서 열린 제44차 세계유산위원회(World Heritage Committee)는 '고창갯벌'을 포함한 '한국의 갯벌'을 만장일치로 유네스코 세계자연유산으로 최종 등재 결정했다.

세계유산위원회는 "'한국의 갯벌'이 지구 생물 다양성의 보존을 위해 세계적으로 가장 중요하고 의미 있는 서식지 중 하나이며, 특히 멸종위기 철새의 기착지로서 가치가 크므로 '탁월한 보편적 가치'(Outstanding Universal Value, OUV)가 인정된다"고 평가했다.

이번 세계유산위원회 결정은 앞서 5월 유네스코 자문기구인 IUCN(세계자연보호연맹)에서 '한국의 갯벌'에 대해 '반려'를 권고해 등재 여부가 불투명한 상황이었다. 하지만 관련 기관들의 긴밀한 협조를 바탕으로 위원국들에게 우리나라 갯벌의 가치를 적극적으로 설득해 자문기구 의견을 2단계 상향한 성과를 이뤄냈다.

특히 '한국의 갯벌'은 '제주 화산섬과 용암동굴(2007년)'에 이어 우리나라에서는 2번째로 등재되는 세계자연유산이다.

'한국의 갯벌' 세계자연유산 등재는 전북 고창(고창갯벌)을 비롯해 충남 서천(서천갯벌), 전남 신안(신안갯벌), 보성·순천(보성·순천갯벌) 총 4개로 구성된 연속유산으로 2015년부터 5개 시군에서 추진한 결과다.

이 중 고창군은 부안면, 해리면, 심원면의 갯벌이 등재된다. '고창갯벌'은 계절에 따라 펄갯벌, 혼합갯벌, 모래갯벌로 퇴적양상이 가장 역동적으로 변하는 전세계적으로 희귀한 갯벌로써 폭풍모래 퇴적체인 쉐니어(Chenier, 해안을 따라 모래 혹은 조개껍질 등이 쌓여 만들어진 언덕)가 형성된 지형·지질학적으로 매우 중요한 의미를 갖는 갯벌이다.

그간 고창군은 '고창갯벌'의 세계자연유산 등재를 위해 지역주민들과 함께 노력해 왔다.

특히 2019년 10월 고창을 찾았던 세계자연보전연맹(IUCN) 실사단은 아동생태지질체험 학습(지오드림) 등을 포함한 갯벌 보존을 위한 지역주민들의 노력에 관심을 보이며 이번 자연유산 등재 전망을 밝혔다.

고창군은 고창갯벌이 포함된 '한국의 갯벌'이 세계유산으로 등재됨에 따라 자연유산(고창 갯벌), 문화유산(고창 지석묘), 인류무형문화유산(농악, 판소리)을 비롯해 유네스코 생물권보전지역(고창군 전역)까지 모두 보유한 진정한 '유네스코 세계유산도시'로 인정받게 됐다.

이어 "고창갯벌은 멸종위기종인 검은머리물떼새, 저어새 등 수많은 희귀조류와 전세계 1종 1속인 범게가 서식하는 생태계의 보고"라며, "앞으로도 갯벌 생태계의 적극적인 보존활동을 지속적으로 실시하여 세계적인 생태문화 관광자원이 될 수 있도록 최선을 다하겠다"고 말했다.

한편, 고창군은 유네스코 세계유산 등재와 관련해 '고창 봉덕리고분군(사적)'을 중심으로 한 '마한 역사문화유적'과 '상금리 고인돌군'도 세계유산으로 등재하기 위해 차근차근 준비하고 있다. 2021년 7월 27일

3장 | 군민속으로 달려간 4년의 발자취

⑦ 고창 병바위 일원, '국가명승' 지정예고

• 고창 병바위 일원 자연·역사문화·경관 가치 등을 갖춘 아름다운 자연경관 인정

고창군 아산면 병바위 일원이 아름다운 자연경관과 역사문화적 가치를 인정받아 국가지정문화재 명승(名勝)으로 지정된다.

8일 문화재청과 고창군에 따르면 이날 아산면 병바위 일원을 명승으로 지정예고 했다.

'고창 병바위 일원'은 고창군 아산면 반암리 호암마을에 위치한다. 병바위는 높이 35m 정도의 크기로, 용암과 응회암이 침식·풍화되며 생겨난 엎어진 호리병 모양의 독특한 생김새의 바위이다.

바위는 소반바위, 두락암(전좌바위) 등 주변과도 잘 어울려 경관적 가치가 크고, 바위 주변 두암초당에서의 강학에 관한 다양한 문헌과 함께 시·글·그림으로도 오랜 기간 고창현과 흥덕현, 무장현 등에서 지역의 명승이 되어 역사문화경관적 가치가 뛰어난 곳이다.

지질학적으로 병바위 일원은 1억 5,000만년 전부터 형성된 기암괴석으로, 침식으로 생겨난 수많은 단애(cliff), 스택(stack)이 있고, 타포니(tafoni)와 같은 화

산암 지형경관을 갖고 있다. 즉, 유문암질 응회암의 노두를 관찰하고 타포니 학습장소로 적합하고 보존가치도 높아 학술적 가치를 인정받았다.

또 병바위에 착생해 서식하는 덩굴류(백화등, 담쟁이)의 식생학적 가치와 계절에 따라 색을 달리하는 등의 경관적 가치가 훌륭해 명승적 지정 조건인 경관생태적·문화적·역사적 의미가 빼어나다.

병바위는 『여지도서(흥덕)』(1757)와 『해동지도』(1750년대 초), 『호남읍지』, 『지방지도』-고창현과 흥덕현(1872) 등 여러 기록에 호리병 바위라는 뜻의 '호암(壺巖)'으로 표기됐고, 병 모양으로 그려져 있는 문헌자료 등도 확인해 역사성도 갖췄다.

병바위와 관련된 전설은 '선동마을 뒤 선인봉 반암 뒤 잔칫집에서 몹시 취한 신선이 쓰러지면서 소반을 걷어차자 소반 위 술병이 굴러 떨어져 인천강가에 거꾸로 꽂힌 것이 병바위가 되었다'는 이야기가 전해온다. 주변의 여러 바위와 함께 금반옥호(金盤玉壺) 또는 선인취와(仙人醉臥)라 하여 명당으로 알려져 많은 발길이 이어지고 있다.

또한, 이곳은 조선 중기 저명한 유학자인 이황(영남) 및 김인후(호남)와 교류했던 고창의 유학자인 호암 변성온, 인천 변성진 형제의 세거지로 명성이 난 곳으로 두암초당(고창군 향토문화유산)이 자리한다. 아름다운 경관을 지닌 두락암(전좌바위) 중턱에 암굴식의 초당을 지어 강학장소를 마련했고, 이와 관련한 인문역사적 가치도 크다고 평가됐다.

'고창 병바위 일원'은 독특한 형상으로 인상적이고 흥미로운 조망대상(병바위, 두락암, 두암초당)이면서 주변 지역을 내려볼 수 있는 빼어난 조망장소로써 가치도 탁월하여 '고창 선운산 도솔계곡 일원'에 이어 고창군에서는 2번째로 지정되는 명승이다.

명승은 다른 문화재에 비해 우리나라에서도 120기 정도만 지정된 희소성의 가치와 관광효과가 매우 큰 국가지정문화재다.

'고창 병바위 일원'은 앞으로 30일간의 지정예고 기간 동안 각계의 의견을 수렴한 후, 문화재위원회의 심의를 거쳐 국가지정문화재 명승으로 최종 지정할 예정이다.

2021년 9월 8일

⑧ 고창고인돌·운곡습지마을, 세계관광기구 선정 '최우수 관광마을'로 우뚝

세계관광기구(UNWTO)가 2일 스페인의 수도 마드리드에서 총회를 열고 '대한민국 고창군 고인돌·운곡습지마을(이하 고창운곡마을)'을 최고의 관광마을(Best Tourism Village)로 선정했다. 현장에 함께한 이주철 고창군부군수와 이성수 생태환경과장, 조용호 운곡습지생태관광협의회장은 얼싸안고 기쁨을 나눴다. 앞서 운곡마을은 지난 10월 유럽연합(EU) 산하 공공조직인 그린 데스티네이션(Green Destinations)이 선정한 '세계100대 지속가능한 관광지'에 국내 유일하게 선정되기도 하며 이번 총회 전망을 밝혔다.

"고창운곡마을, 전세계 지속가능한 관광의 최고 모델"

UN산하 세계관광기구(UNWTO)는 책임있고 지속가능하며 보편적으로 접근할 수 있는 관광의 증진을 담당하고 있다. 세계관광기구가 이번에 처음으로 실시하는 '최우수 관광마을(Best Tourism Village)'은, 문화유산의 보존과 홍보,

한 해를 마무리하는 12월. 전라북도 고창군의 조용한 마을이 이역만리 스페인에서 날아든 반가운 소식으로 들썩이고 있다. 세계관광기구(UNWTO)가 선정한 '최우수 관광마을'로 선정된 것. 친환경생태관광지 '고인돌·운곡습지'가 지구촌을 사로잡은 매력의 비결을 살펴봤다.　　　　　　　　　　　　　-편집자주

관광을 통한 지속가능한 개발을 수행하고 있는 마을을 인증해주는 사업이다. 한마디로, 2015년 UN이 결의한 전 인류의 '지속가능개발목표(SDGs)'에 가장 부합한 관광지인 셈이다.

고창운곡마을은 '최고의 관광마을'로 선정되면서 ▲'최고의 관광마을' 라벨사용=경제, 사회 및 환경의 모든 측면에서 혁신과 지속 가능성에 대한 분명한 약속 ▲'최고의 관광마을' 네트워크 가입=경험과 모범 사례, 학습 및 기회를 교환할 수 있는 공간제공 ▲'최고의 관광마을' 질적 향상을 위한 프로그램 지원 등의 특전을 부여받게 된다.

실제 Zurab Polokashvili UNWTO 사무총장은 "우리는 각 마을의 고유성을 인식하고, 관광을 농촌 지역의 더 나은 미래를 위한 수단으로 만들기 위한 최고의 권리(initiative)를 보여주겠다"고 적극적인 지원을 약속했다.

주민들이 만드는 지속가능한 자연 '고창운곡마을'

고창운곡마을 거석문화를 대표하는 고인돌과 숲의 정령이 나올 것 같은 운곡습지를 품은 아름다운 곳이다. 1980년대 한빛원자력발전소에 물을 대기 위해 골짜기 안쪽에 있던 마을이 수몰되는 아픔을 겪기도 했다. 30여 년이 흘러 사람의 손길이 닿지 않은 폐경지는 놀라운 변화를 맞이한다. 사람은 대대로 살아온 터전을 잃었지만, 인적이 끊기니 경작으로 훼손된 습지는 원시 모습을 되찾은 것이다.

운곡마을의 생태관광은 핵심지역을 보존하고, 완충 지역을 생태관광에 활용하고, 인근 마을의 경제에도 도움을 주는 시스템을 체계적으로 안착시키고 있다. 습지 보호 구역엔 한 사람이 겨우 지나갈 정도로 좁은 데크를 설치하고, 바닥 목재 사이에 틈을 벌려 그 아래에서 자라는 식물에도 볕이 닿도록 배려했다.

지역 차원에선 봄과 가을에 6개 마을의 특산물과 생산물을 판매하는 오베이골 장터가 매주 토요일 열려 주민들의 일체감을 높인다. 한센인 정착촌이었던 호암마을의 경우 2005년까지는 축사가 들어서 접근을 꺼리던 곳이 지금은 생태관광에서 빼놓을 수 없는 명소가 됐다.

이처럼 운곡마을은 유네스코 생물권보전지역이라는 지역 특수성과 다양한 볼거리, '지산지소'가 풍부한 먹을거리 등이 뒷받침되면서 코로나19 상황 속에서도 전국에서 유일하게 방문객과 소득이 증가하는 성과를 창출했다.

고창운곡습지생태관광협의회 조용호회장은 "아름다운 자연환경 속, 정이 넘치는 농촌마을에서의 휴식은 도시 생활에 지친 이들을 편안하게 보듬어 줄 것"이라며 "마을 역시, 농특산물 판매와 체험프로그램 운영으로 소소한 수익을 낼 수 있어 치유형 농촌관광에 기대가 크다"고 말했다.

고창군수는 "지속가능한 관광발전을 이뤄 경제적 차원에서 관광을 통한 일자리 제공과 사회적 차원에서 마을주민의 삶의 질 향상, 환경적 측면에서 지속가능한 생태관광이 더욱 발전할 수 있도록 하겠으며, 국제적으로 인정받은 생태문화관광지인 고창을 찾는 해외 여행객 수요에도 대응할 수 있도록 준비하겠다"고 말했다.

2021년 12월 3일

03 자식농사 잘 짓는
사람키우기

① 고창군 복합문화도서관 건립 3월 착공

② [역대최대] 재)고창군장학재단, 올해 2억 8,400만 원 기탁 마감

③ [행복도시 고창] 고창군민, '삶 만족도' 전북에서 제일 높았다

④ "나눔과 봉사 기부의 고귀한 뜻에 고창군민들의 마음을 담아 감사드립니다"

⑤ 고창군, 책 읽는 지자체 대상 3년 연속 수상

① 고창군 복합문화도서관 건립 3월 착공

전북 고창복합문화도서관이 통합설계(토목·조경·설비 등)를 모두 마무리하고 내년 3월 착공에 들어간다. 14일 고창군에 따르면 전날 오후 군청 2층 상황실에서 고창군 복합문화도서관 통합설계용역 최종 보고회가 열렸다.

고창군복합문화도서관은 생활문화센터 기능을 더해 지상 2층, 지하1층의 연면적 3815㎡의 규모로 고창읍 월곡지구 농어촌뉴타운지구 내에 지어진다.

설계를 맡은 유현준 건축가는 큰 나무 숲의 가지 아래에서 책을 읽는 것 같은 건축공간을 구상했다. 국내 도서관 건물로는 보기 드물게 긴 장방형의 목구조와 경사진 천장, 가변형 서가 등이 특징적이다. 또 군민들이 쾌적하게 도서관을 이용할 수 있도록 천창을 활용해 자연환기가 가능하도록 계획했다. 녹색 건축, 에너지 효율 등급, 제로에너지 건축물 인증 등을 갖춘 친환경 공공건축물을 조성할 예정이다.

이날 보고회는 설계 적정성 및 경제성 검토, 건설기술심의 등 설계 단계별 자문, 심의 등의 과정에서 전문가, 조달청 등의 기관이 제시한 내용을 반영한 설계안을 관련 지역주민, 관내 건축가, 관련 부서장 등과 함께 최종 점검하고 의견을 나눴다.

유기상 군수는 "고창군 복합문화도서관 건립으로 군민들이 다양한 문화예술을 즐기고 누리며, 고창읍성, 고인돌, 갯벌, 운곡습지 등과 함께 새로운 관광명소가 되길 바란다"고 말했다. 한편, 고창군 복합문화도서관은 도서관과 생활문화센터를 통합한 복합시설로 총사업비 180억 원을 들여 2022년 10월께 완공될 예정이다.

2021년 12월 14일

② [역대최대] 재)고창군장학재단, 올해 2억 8,400만 원 기탁

올해 (재)고창군장학재단에 폭발적인 장학금 기부가 이어지면서 최종 170여 명 2억 8,400만 원이 기탁됐다고 밝혔다.

재단은 올해 성적우수 장학금과 예체기능장학금, 농생명식품인재육성장학금(신설) 지급해 역대 가장 많은 학생들에게 장학금이 전달됐다.

농사 중에 제일인 자식농사를 위한 염원에 함께하자는 의미로 작게는 1만 원부터 많게는 1억 원까지 고창지역 꿈나무를 위한 교육사업에 각계 각층의 군민들이 동참하여 나눔과 기부천국 고창을 실감케 했다.

전날(29일)에도 성송면 청웅회 원로회 300만 원, 대산면 박영자씨 70만 원, 고창군청 성우회 100만 원, 고창읍 한희춘씨 200만 원, 백원철 교수 100만 원, 부안면 오산교회 100만 원, 고창군 을묘회(회장 이계원) 100만 원의 기탁이 이어졌다. 2020년 12월 30일

③ [행복도시 고창]
고창군민, '삶 만족도' 전북에서 제일 높았다

- 전북사회조사, 고창군민 삶만족도 전북 1위..군민 절반이상 "소득·소비생활 긍정적"
- 민선 7기 농생명식품도시 표방하며 경제활동 활발+고창사랑상품권 등 맞춤형 정책도 효과

전북 고창군 주민들이 느끼는 삶 만족도가 도내 14개 시·군 중 가장 높은 것으로 나타났다. 특히 다문화 가구 인식에 대한 긍정응답도 높아 민선 7기 고창군의 '자랑스러운 고장만들기 운동'을 통한 사회통합이 큰 효과를 내고 있단 분석이다.

1일 고창군에 따르면 최근 전라북도가 발표한 '2020년 전북 사회조사'에서 고창군민의 '삶 만족도'는 6.9점(10점 만점)으로 조사됐다. 이는 14개 시·군 중에서 가장 높았고, 전북평균(6.2점) 보다도 0.7점이나 많았다.

세부적으로 살펴보면 소득에 대한 만족도 긍정비율이 62.4%, 전반적 소비생활 만족도 긍정비율이 56.4%였다. 이는 군민 절반 이상이 전반적인 경제활동에 만족하고 있는 것으로 풀이된다.

실제 소득의 경우, 전국 최고가로 거래되는 특화작물(수박, 복분자, 멜론, 고구

마, 쌀 등)을 비롯해 어업(바지락, 장어, 지주식김 등), 문화·서비스 제공활동이 활발히 이뤄지고 있다. 여기에 고창사랑상품권 발급 등 지역경제 살리기, 관광 활성화 등 다양한 정책추진이 경제활동 만족도를 높인 것으로 분석됐다.

특히 다문화 가구 관심도를 묻는 질문에서 군민 47.7%가 긍정적으로 답해 눈길을 끌었다. 이에 더해 다문화 가구 증가에 대해서도 긍정응답 비율이 65%를 차지했다. 전북 전체 37.9%보다 크게 앞섰다.

한편, 매년 전북도청 주관으로 진행하는 '전북 사회조사'는 전북도민들의 삶의 질과 관련된 사회적 관심사와 시민 의식에 관한 사항을 조사·분석하고 있다. 지난해는 도내 1만 3,515 표본가구의 만 15세 이상 모든 가구원을 대상으로 8월 19일부터 9월7일까지 진행됐다. 　　　　　　　　　　　　　　　　　　2021년 4월 2일

④ "나눔과 봉사 기부의 고귀한 뜻에 고창군민들의 담아"

● 고창군, 2021년 상반기 명예의 전당 헌액패 증정식 행사 열어

　고창군에서 나눔과 봉사 기부천사들의 고귀한 뜻을 기억하고 감사의 마음을 전달하는 자리가 열렸다. 고창군은 26일 오후 '2021년 상반기 고창군 명예의 전당 헌액패 증정식'을 군청 5층 회의실에서 열었다.

　이날 헌액패 증정식은 이웃돕기, 자원봉사, 생명나눔(헌혈), 문화예술 분야 총 35명의 헌액대상자 중 코로나19의 재확산으로 타지역에 거주하는 사람등을 제외하고 20명이 참석했다.

　소중한 생명나눔을 위해 63회 헌혈을 한 퇴직 공직자가 참석했고, 지역사회 다양한 봉사활동으로 수백시간의 봉사시간을 달성한 우수봉사단체, 매년 꾸준한 기부와 지역인재양성지원 등 다각적인 사회활동을 전개하고 있는 이웃돕기 우수기업 대표자, 고창군 지역에 거주하는 유일한 국가무형문화재 보유자와 망실된 줄 알았던 문화재를 선친의 유품으로 소중히 간직하다 기탁한 주민 등이 함께했다. 한편, 지난해 2월 만들어진 고창군 명예의 전당은 6개월 단위로 100명씩의 고창의 나눔과 봉사 기부 천사들을 선정해 헌액 후 헌액패를 만들어 고창군민의 감사한 마음을 담아 돌려드리는 행사를 하고 있다. 이날 생명나눔, 자원봉사, 이웃돕기, 문화예술 분야를 시작으로 28일 숨은 나눔과 봉사자 분야, 29일 고창사람키우기 분야로 3차례에 걸쳐 진행된다.

2021년 7월 26일

나눔과 기부의 나무 100개의 열매(고창사람키우기) -
년 상반기 고창군 명예의 전당 헌액패 증정식
2020. 7. 23.(　) 14:00 5층 대회의실

④ 고창군, 책읽는 지자체 대상 3년 연속 수상

고창군이 (사)국민독서문화진흥회가 주최하고 국회 문화체육관광위원회가 후원하는 2021년 '제6회 대한민국 책 읽는 지자체 대상'에 선정됐다.

'대한민국 책 읽는 지자체 대상'은 (사)국민독서문화진흥회에서 지난 2016년부터 "책 읽는 나라" 만들기 운동의 일환으로 건전한 독서문화 형성에 기여하고 책의 소중함과 책 읽는 즐거움을 알리는 데 앞장서는 우수 기관 및 개인을 발굴·육성해 시상하는 '책 읽는 대한민국 시상식' 중 지자체에 수여하는 상이다.

매년 전국에서 6개 지자체를 선정하여 시상하고 있는데, 고창군은 2019년부터 올해까지 3년 연속 수상의 영광을 안았다.

고창군에선 ▲독서환경 조성을 위한 작은도서관 리모델링 사업 추진 ▲도서관 길 위의 인문학, 도서관 지혜학교 등 각종 공모사업 추진 ▲중장년층을 위한 연중 상설강좌 및 인문학 강좌 운영 ▲사회적 독서 활성화를 위한 독서동아리 지원과 '고창 한 책 읽기' 사업 ▲높을고창서평단 육성 ▲고창군립도서관 이전 건립 등의 사업을 추진해 오고 있다.

2021년 11월 17일

04 군민과 함께하는
촘촘한 복지실현

① 고창군 생활폐기물 소각시설 설치사업, 공론화로 해결

- 소각시설 공론화협의회 최종 합의서 발표
  - 소각시설은 15년만 운영
  - 다이옥신 연속시료 채취 장치 등 소각시설 안전설비 보완
  - 쓰레기 감량화 및 재활용 극대화를 위한 "고창군 자원순환 기본 조례" 제정
- 공론화로 성과 거둬, 숙의 민주주의 교과서로 거듭나길 기대

고창군과 아산면소각장설치반대대책위(이하, 반대대책위)가 지난해 10월부터 추진한 고창군 생활폐기물 소각시설 공론화 협의회(약칭-소각시설 공론화 협의회) 최종 합의서에 서명했다.

1일 오전 고창군청 회의실에서 공론화협의회 위원, 군수, 군의회의장, 주민들이 참여한 가운데 고창군 생활폐기물 소각시설 공론화 결과 설명과 합의서 전달식을 열었다.

이에 따라 1년 넘게 이어 온 소각시설 설치 갈등이 상생을 위한 대화와 타협으로 마무리 되면서 전국 군단위 지자체 최초 공론화 모범 선례를 남기게 됐다.

앞서 고창군은 지난해 초 생활폐기물 소각시설 설치 공사를 추진하던 중 같은 해 1월 18일 소각시설 사업 인근 주민들의 소각장 설치 반대 민원을 제기했다.

소각시설 인근주민들은 반대대책위를 구성하고, 군청 앞과 아산면 소재지, 사업소 입구에서 릴레이 시위와 5차례의 반대 집회를 가졌다.

갈등이 최고조에 이르던 지난해 7월 고창군과 반대대책위는 소각시설 설치사업에 대해 공론화를 통해서 해결하기로 합의했다. 공론화에 대한 교육을 마친 양측 실무진과 갈등 전문가가 포함된 '공론화 준비 실무협의회'가 구성됐고, 주제 선정과 공론화 기간 공사중지 등 사전 준비가 진행됐다.

지난해 10월 2일 공식출범한 '고창군 소각시설 공론화 협의회'는 11월 15일까지 45일간 진행됐다. 협의회 위원은 갈등전문가 3인과 군민대표, 아산지역 주민대표, 주변지역 주민대표 각각 2명씩, 고창군수를 위임한 환경시설사업소장 등 총 10명의 위원으로 구성됐다.

소각시설 건설공사는 공론화 회의를 안정적으로 추진하기 위해 공론화 협의회 출범과 동시에 전면 중지됐다.

협의회는 최장 7시간의 릴레이 회의를 갖는 등 8차례의 회의를 가지면서 잠정 합의서를 도출해냈다. 이후 보완 수정 작업을 거쳐 최종 합의서가 만들어졌고, 합의서에 대한 주민 의견을 수렴하기 위해 설문조사도 실시됐다.

공론화 합의 주요내용으론 ▲공동체 회복을 위한 상호간의 노력 ▲소각시설은 내구연한 15년간 운영 ▲환경오염 방지시설 설비 보완과 환경성 조사 실시(환경과 건강을 염려하는 주민 의견 반영) ▲배출가스 TMS(원격감시 시스템) 데이터 실시간 공개 ▲쓰레기 감량 정책 등 군민이 참여하는 지속가능한 사회만들기 여건 조성 등이다.

이번 최종합의는 다수 아산면민들의 반대로 논란을 겪고 있던 소각시설 설치사업에 대해 공론화를 통해서 합의를 이끌어 내는 성과를 냈고, 숙의 민주주의의 모범사례로 기록될 전망이며, 민주주의 교과서로써 활용되길 기대해본다.

앞으로, 쓰레기 감량 정책 등 군민이 참여하는 선진화된 지속가능한 사회를 만들기 위한 여건을 조성할 계획이다. 이를 위해 고창군은 "고창군 자원순환 기본 조례"를 제정하여 시행하고, 생활폐기물 관리 정책을 종합적으로 점검하고 선진화하기 위해 <고창군 자원순환정책실천협의회>를 구성 운영하며, 자원순환 실천마을 확대 등 관리정책을 수립하여 추진할 계획이다.

2020년 6월 1일

②『행복정책 실현 촉구 공동선언문』선포식

- 행복실현지방정부협의회 36개 회원 지방정부 공동선언
- 선언문 제안한 전주시를 비롯해 16개 지방정부 단체장 등 100여 명 참석
- 코로나19 계기로 건강과 안전에 대한 요구가 높아지고, 인간과 자연이
  공존하는 지속가능한 시스템을 설계해야 한다는 공감대가 확산되는 상황
- 경제성장(GDP)에서 국민총행복(GNH)으로 패러다임 전환 시급
- 『행복정책 실현 촉구 공동선언문』선포식을 통해 국민행복을 최우선하는
  국가와 지방정부 건설을 촉구하고, 구체적인 실행방안 제시
- 선포식 이후 '코로나19와 주민행복, 지방정부 대응' 집담회와
  지방정부 행복정책 담당 실무자를 위한 행복정책아카데미' 개최

행복실현지방정부협의회(상임회장 김승수 전주시장, 이하 협의회) 36개 회원 지방정부가 공동으로 추진하는『행복정책 추진 촉구 공동선언문』선포식이 6월 11일 오후 1시, 전북 고창군 상하농원에서 열렸다.

국가가 시행하는 모든 정책의 궁극적 목적이 국민의 행복에 있음을 확인하고, 국민행복을 정부운영의 최우선 목표로 하는 국가와 지방정부 건설을 촉구하며, 이를 위한 실행방안을 제시하는 자리다.

코로나19 발생과 세계적 확산의 기저에 신자유주의 세계화와 불평등, 기후위기 문제가 도사리고 있음이 드러나면서, 인간과 자연이 공존하는 지속가능한 시스템을 새롭게 설계해야 한다는 공감대가 확산되고 있다.

협의회는 이런 흐름 속에 우리사회가 GDP 중심의 물질적 성장주의에서 벗어나 국민총행복(GNH, Gross National Happiness)으로 패러다임 전환이 시급하다는 판단해 이번 선포식이 추진됐다.

공동선언문은 "국민행복을 최우선에 놓는 공공정책만이 우리가 걸어가야 할 길이고 진정한 미래"이며 "국가와 지방정부가 협력해 국민이 행복한 대한민국으로 나아가야한다"고 촉구하고, 그 실현방안으로 ①지방분권과 자치확대를 위한 제도 개선 ②국민총행복기본법 제정 ③국민총행복위원회 구성 ④행복특임장관(행복부) 신설 ⑤행복세 도입 등을 제시했다.

협의회는 6월 11일 오전 11시에 열리는 제4차 정기총회에서 회원 지방정부 단체장들이 참석한 가운데『행복정책 추진 촉구 공동선언문』을 심의·의결하고,

총회가 끝난 오후 1시부터 선포식을 진행했다.

　선포식에는 협의회 상임회장 도시로서 이번 공동선언문을 제안한 전주시를 비롯해 공주시, 수원시, 안양시, 여주시, 이천시, 고창군, 부여군, 완주군, 광주 광산구, 대전 대덕구, 서울 서대문구, 성동구, 의성군, 인천 서구, 종로구(이상 시군구 가나다순) 등 16개 회원 지방정부 단체장 및 관계자 100여 명이 참석했다.

　한편, 선포식 이후에는 '코로나19와 주민행복, 지방정부 대응'을 주제로 15개 시군구 단체장들이 참석하는 집담회가 열렸다. 박진도 (사)국민총행복전환포럼 이사장이 좌장을 맡아, 각 지방정부의 코로나19 위기 대응과 코로나19 이후 주민행복을 위한 지방정부의 역할 등에 대해 의견을 나눈다. 오후 3시부터는 지방정부 행복정책 담당 실무자들을 위한 교육연수 프로그램인 '행복정책아카데미'가 다음날인 12일까지 1박2일에 걸쳐 진행된다.

2020년 6월 1일

③ 고창군, 상하 고리포 어촌뉴딜 300사업 공모선정…
"3년 연속 어촌뉴딜 공모선정 쾌거"

● 상하 고리포, 2023년까지 국비 등 100억 원 투자해 해안산책길, 수상갯벌체험장 등 조성
● "향후 구시포해수욕장, 상하농원 연계한 해양관광벨트 거점지역으로 만들 것"

조선시대 봉수대가 있던 정겨운 포구마을. 전북 고창군 상하면 고리포 일대에 해안산책길과 전망대, 수상갯벌체험장이 들어서 해양관광 거점지역으로 조성된다.

11일 고창군에 따르면 최근 해양수산부 '2021년 어촌뉴딜300사업' 공모에 상하면 고리포 일대 마을이 선정됐다. 이에 따라 고창군은 3년 연속(2018년 동호항, 2019년 죽도항·광승항) 어촌뉴딜 300사업에 선정되는 쾌거를 거뒀다.

상하면 고리포는 조선시대 봉화를 올렸던 고리포 봉수대가 있었던 포구로 알려져 있다. 현재 고창지역 포구 중 유일하게 위치가 옮겨지지 않고 원형이 유지되고 있어 정겨움을 더한다. 이번 고리포 어촌뉴딜의 주제는 '노을 속 잔잔한 쉼, 자연스런 웃음의 휴양지'로 정해졌다. 2023년까지 국비 등 약 100억 원을 투자해 해안노을길, 노을전망대, 갯벌체험장, 수상레저체험장(무동력패들보드, 뗏목체험) 등이 만들어진다. 또 고리포봉수대를 복원해 마을의 역사성을 부각 시키고, 마을내 체험센터 등을 건립해 공동체 수익모델을 만들어갈 계획이다.

특히 군은 차로 10분 거리인 구시포해수욕장, 상하농원을 연계해 해양관광벨트 거점지역으로 육성할 방침이다. 모래밭 요가, 노을명상, 숲체험 등 도시민들이 휴식과 힐링을 할 수 있는 관광상품을 출시하면 침체된 지역에 활력을 불어넣고, 주민소득 향상과 일자리 창출사업과 연계할 수 있을 것으로 기대를 모으고 있다.

한편, 고창군은 오는 2022년 '부안면 상포권역 어촌뉴딜' 사업 선정을 위해 체계적인 실행계획 준비에 나서고 있다.

2020년 12월 11일

④ "나눔과 기부로 따뜻했던 고창의 겨울"
고창군, 사랑의 열매 감사패 받아

● '희망2021나눔캠페인' 모금액 전년대비 133%증가..3년 연속 기부문화 확산 감사패 받아

코로나19로 더욱 혹독했던 지난 겨울. 군민들의 뜨거운 이웃사랑 열기를 보여 줬던 고창군이 희망2021나눔캠페인 우수지자체로 선정됐다.

17일 고창군에 따르면 '전북사회복지공동모금회-사랑의열매' 김동수 회장이 유기상 군수에게 감사패를 전달했다.

김동수 회장은 "고창군은 매년 이웃돕기 우수 시·군으로 선정되는 등 나눔과 기부활동에 대한 군민의 관심도가 매우 높다"며 "앞으로도 더불어 사는 사회 만들기에 함께 해달라"고 말했다.

앞서 고창군은 '희망2021 나눔캠페인(2020년 12월 01일~2021년 1월 31일, 62일간)'을 펼쳐 5억7,400만 원의 성금을 모금했다. 지난해(4억3,100만 원) 대비 133% 증가한 실적으로 고창군은 매년 전년 대비 모금액을 초과 달성하는 등 이번에도 코로나19의 어려운 상황에서도 역대 최고 모금액을 달성했다.

특히 전북 시·군단위에서 최초로 사랑의 온도탑 설치, 고창의 기부천사를 위한 명예의 전당 설치 등 일상 속에서 기부문화가 정착될 수 있는 나눔 문화 확산 캠페인 전개로 매년 각계각층의 성금이 잇따르고 있다.

한편, 캠페인 종료 후에도 상하면체육회(회장 어수영)에서 300만 원, 농촌지도자고창군연합회(회장 최종엽)에서 100만 원, 고창읍 조현환·전귀임 부부가 100만 원, 성내면 소재 아이보리영농조합법인에서 100만 원을 기탁하는 등 꾸준한 나눔과 기부의 물결이 이어지고 있다. **2021년 3월 17일**

⑤ [행복도시 고창] 고창군민, '삶 만족도' 전북에서 제일 높아

● 전북사회조사, 고창군민 삶만족도 전북 1위..군민 절반이상 "소득·소비생활 긍정적"

전북 고창군 주민들이 느끼는 삶 만족도가 도내 14개 시·군 중 가장 높은 것으로 나타났다. 특히 다문화 가구 인식에 대한 긍정응답도 높아 민선 7기 고창군의 '자랑스러운 고창만들기 운동'을 통한 사회통합이 큰 효과를 내고 있다는 분석이다.

1일 고창군에 따르면 최근 전라북도가 발표한 '2020년 전북 사회조사'에서 고창군민의 '삶 만족도'는 6.9점(10점 만점)으로 조사됐다. 이는 14개 시·군 중에서 가장 높았고, 전북평균(6.2점) 보다도 0.7점이나 많았다.

세부적으로 살펴보면 소득에 대한 만족도 긍정비율이 62.4%, 전반적 소비생활 만족도 긍정비율이 56.4%였다. 이는 군민 절반 이상이 전반적인 경제활동에 만족하고 있는 것으로 풀이된다.

실제 소득의 경우, 전국 최고가로 거래되는 특화작물(수박, 복분자, 멜론, 고구마, 쌀 등)을 비롯해 어업(바지락, 장어, 지주식김 등), 문화·서비스 제공활동이 활발히 이뤄지고 있다. 여기에 고창사랑상품권 발급 등 지역경제 살리기, 관광 활성화 등 다양한 정책추진이 경제활동 만족도를 높인 것으로 분석됐다.

특히 다문화 가구 관심도를 묻는 질문에서 군민 47.7%가 긍정적으로 답해 눈길을 끌었다. 이에 더해 다문화 가구 증가에 대해서도 긍정응답 비율이 65%를 차지했다. 전북 전체 37.9%보다 크게 앞섰다.

한편, 매년 전북도청 주관으로 진행하는 '전북 사회조사'는 전북도민들의 삶의 질과 관련된 사회적 관심사와 시민 의식에 관한 사항을 조사·분석하고 있다. 지난해는 도내 1만3515 표본가구의 만 15세 이상 모든 가구원을 대상으로 8월19일부터 9월7일까지 진행됐다.　　2021년 4월 2일

⑥ 고창읍 공영주차타워' 준공, 중심지 주차난 해소 기대

● 고창읍 공영주차타워 건립 완료 및 성황리에 준공식 개최

고창군 고창읍내 중심시가지에 258면의 주차타워가 준공되면서 도심 주차난 해소가 기대되고 있다.

19일 고창군에 따르면 이날 오전 '고창읍 공영주차타워 준공식'을 열었다. 행사에는 유기상 고창군수와 최인규 고창군의회 군의장 및 군의원, 성경찬 전북도의원 등이 참석했다.

고창읍 공영주차타워는 기존 주차장으로 활용되던 고창군 읍내리 197-4번지 외 15필지에 지상 3층 4단 규모로 건립됐다. 총사업비 80억 원(국비 40억, 군비 40억)을 투자해 지난 1월부터 본격적인 공사에 착수해 10개월 만에 완료했다.

주차구획은 총 258면으로 일반주차구역 125면, 장애인전용 7면, 전기차 2면 등으로 구성됐다. 층별 주차현황 및 주차 가능 대수를 확인할 수 있는 주차유도시스템, 엘리베이터, 비상벨, CCTV 등 최신 설비를 갖췄고, 언제든지 필요할 경우 유료화로 전환할 수 있도록 주차관제 시스템이 설치됐다.　　2021년 11월 19일

⑦ 고창군, '상포권역 어촌뉴딜 300사업' 공모 선정

● 19년부터 4연속 공모선정.
고창어촌 5개 지구(동호항, 죽도항, 광승항, 고리포, 상포) 사업 착착

'고창에서 만나는 대한민국 어촌의 미래'

　전북 고창군이 상포권역을 해수부 어촌뉴딜 300사업 공모에 성공시키면서 어촌뉴딜 공모 불패신화를 쓰고 있다.

　7일 고창군에 따르면 전날(6일) 해양수산부가 발표한 '2022년 어촌뉴딜 300사업' 대상지로 부안·흥덕면의 '상포권역'이 선정됐다.

　이로써 고창군은 4년 연속 어촌뉴딜 300사업에 선정되는 쾌거를 거뒀다. 2019년 동호항을 시작으로 2020년 죽도항과 광승항, 2021년 고리포지역, 2022년 상포권역(상포·반월·후포)까지 5개지역 5관왕의 대업을 달성했다.

　'상포권역 어촌뉴딜 300사업'은 3개년간(2022~2024년) 국비 등 약 82억 원이 투입된다. 기후변화에 대응하고 2050탄소중립 실현을 위해 탄소흡수원이자 블루카본의 근원인 고창갯벌(유네스코세계자연유산)과 람사르습지를 따라 탄

소중립 식물원, 탄소제로 족욕체험장, 탄소제거 갯벌소공원, 탄소중립 야영장과 자전거쉼터 등을 조성할 계획이다.

이번 사업의 핵심은 '탄소제로 족욕체험장'이다. 현재 운영이 중단된 후포해수탕을 특화해 해양체험관광 거점지역으로 육성하고, 다양한 체험프로그램 운영 등 상포권역만의 차별화된 콘텐츠를 도입하게 된다.

이를 통해 도시민들이 휴식과 힐링을 동시에 할 수 있는 관광상품으로 개발해 침체된 지역에 활력을 불어넣고, 주민소득증대와 일자리창출과도 연계할 계획이다.

이밖에 구시포 국가어항이 해수부의 지역밀착형 탄소중립 오션뉴딜 공모사업에 선정될지도 최대 관심사다. 앞서 고창군은 지난 11월 해양수산부 지역밀착형 탄소중립 오션뉴딜 전국 2개소 공모사업에 구시포 국가어항을 신청했다.

군은 이달 중순께 예정된 현장평가와 종합평가를 내실있게 준비해 해양수산 분야 뉴딜사업의 그랜드슬램을 달성할 수 있도록 할 방침이다.

고창군수는 "이번 공모사업에 선정된 상포권역 어촌마을에 체계적인 인프라 구축을 통해 어촌관광을 활성화하고, 어촌의 혁신성장을 이끌어 어촌뉴딜 사업의 성공모델 지역으로 만들어 나가겠다"고 밝혔다.

한편, 해양수산부는 지난 9월 전국 지자체에서 신청한 187개소 대상지로부터 공모 신청을 받아 2개월 동안 서면평가와 현장평가를 거쳐 상포권역을 비롯한 최종 50개소를 선정했다.

'어촌뉴딜 300사업'은 어촌과 어항의 노후시설을 현대화하고 해양관광 활성화를 통해 지역일자리 창출과 주민소득 증대 등 시너지 효과를 극대화하기 위해 2019년부터 2024년까지 전국 300개소 어촌마을에 3조원을 투입하는 국책사업이다.

2021년 12월 7일

⑧ 고창군, 전국 도시재생지원센터 우수활동사례 최우수상

고창군 도시재생지원센터가 국토교통부 주최 '전국 도시재생지원센터 우수사례 발표'에서 최우수상을 수상했다고 22일 밝혔다. 센터는 모양성마을의 도시재생 선도사업을 주도하며 주민들의 수요를 반영해 맞춤형 교육을 기획해 운영했다.

주민이 제안한 사업이 교육프로그램으로 도입되고, 지속가능한 모양성마을 도시재생사업이 될 수 있도록 자격증 과정을 개설했다.

특히 모양성마을이 주거지지원형으로 선정된 사례인 만큼, 노후주택 정비사업에 주민들의 많은 관심과 참여가 이어졌다. 센터에선 맞춤형 집수리 교육을 운영해 주민들이 직접 시행할 수 있도록 밀착 지원했다. 그 결과 노후주택 40가구가 혼선 없이 사업을 추진할 수 있었다.

또 기초·광역 도시재생지원센터와 상호 연계해 현장 모니터링과 역량강화 교육을 진행하는 등 센터 구성원의 역량관리에도 높은 점수를 받았다.

고창군 도시재생지원센터 황지욱 센터장은 "선산을 지키는 나무와 같이, 모양성 마을을 지켜주신 주민 여러분과 함께 노력해 온 결과다"며 "센터는 앞으로도 주민들 곁에서 든든한 지주대가 될 수 있도록 노력하겠다"고 전했다.

2021년 12월 22일

05 함께 살리고 잘 사는 상생경제

① 태송~고창군 복분자 농공단지 투자협약 체결
② 고창군, 식품가공기업 3곳과 890억 원 규모 투자협약
③ 고창사랑상품권, 코로나로 위축된 지역경제에 단비됐다
④ 고창군 농특산품 통합브랜드 '높을고창', 대한민국 대표브랜드로 '우뚝'
⑤ 유기상 고창군수 "서남해안 물류·관광거점 도약 기반 마련"
⑥ 고창군 식품기업, 도지사 인증상품 최다(最多)선정 '함박웃음'
⑦ 고창군 해상풍력의 메카된다.

① 태송~고창군 복분자 농공단지 투자협약 체결

고창군(군수 유기상)이 복분자농공단지에 냉동 볶음밥 등을 생산하는 식품전문기업 (주)태송과 투자협약을 체결했다.

협약식은 23일 군청 상황실에서 유기상 고창군수, 조규철 고창군의회 의장과 ㈜태송 이문희대표 등 관계자들이 참석한 가운데 열렸다. 이날 투자협약을 체결한 ㈜태송은 복분자농공(특화)단지 20,628㎡부지에 330억 원을 투자해 오는 2021년 10월 공장을 착공할 예정이다. ㈜태송은 2015년에 설립된 회사로 볶음밥, 영양밥, 만두, 나물밥 등 다양한 품목을 생산하는 식품전문 기업으로 2016년 HACCP(해썹·즉석조리식품, 곡류가공식품) 식품안전관리 인증을 획득하여 통합 품질관리시스템을 체계적으로 운영하고 있으며, '대다수 국민이 즐기는 일상 식품의 안정성과 안전성을 추구하는 국내 최고의 냉동 식품 기업'이라는 비전아래 노사 혼연일체가 되어 혼신의 힘을 다하고 있다.

유기상 고창군수는 "기업하기 좋은 고창군에 투자 한 것을 축하드리며 항상 열린 마음으로 기업 관계자들과 늘 소통하며 어려운 점을 경청하고, 함께 노력해 해결하겠다"며 "앞으로도 고창군은 농업생명 식품산업을 최우선으로 살려 대한민국 건강 밥상을 책임질 수 있는 식품산업의 메카로 나아가겠다"고 말했다.

2018년 10월 24일

　　　　　　　　　　　　　3장 | 군민속으로 달려간 4년의 발자취

② 고창군, 식품가공기업 3곳과 890억 원 규모 투자협약

● 고고홀딩스, 태송, 온쿡 등 식품가공기업, 고창일반산단·복분자농공단지 투자 예정
● 일자리 창출＋원재료 조달 통한 지역 농식품 산업 활성화 기대

　전북 고창군이 12일 오후 군청 종합상황실에서 농업회사법인㈜고고홀딩스, ㈜태송, ㈜온쿡농업회사법인 등 식품가공기업 3개사(社)와 890억 원 규모의 투자협약을 체결했다고 밝혔다.

　투자협약식에는 유기상 고창군수와 우범기 전북도 정무부지사, 최인규 고창군의회 의장, 성경찬·김만기 전북도의원, 차남준 고창군의회 산업건설위원장, 각 기업 대표와 관계자들이 참석했다.

　이번 협약으로 일자리 창출은 물론, 원재료 조달을 통한 지역 농식품 산업 활성화가 기대되고 있다.

　고창일반산업단지에 투자를 확정한 ㈜고고홀딩스는 5개 제조업체가 업무제휴해 만든 특수목적법인(㈜도시농부라이프, ㈜연세웰빙라이프, 농업회사법인 한농원(주), ㈜고려생약씨앤에프, 한방바이오(주))이다.

　업체는 300억 원(부지 10만8,768㎡, 고용예정 312명)을 투자해 건조밥, 컵밥 등 곡물가공 식품을 비롯한 식품첨가수, 홍삼 및 동충하초, 지역농산물을 이용한 액상, 분말 등의 건강기능식품을 생산할 예정이다.

또 ㈜태송과 ㈜온쿡농업회사법인은 부안면 용산리에 위치한 복분자농공단지에 투자를 확정했다.

먼저, ㈜태송은 2018년 복분자농공단지에 입주한 엄지식품의 자회사로 340억 원(부지 2만628.4㎡, 고용예정 270명)을 투자해 볶음밥, 영양밥 등 곡물가공식품을 생산할 예정이다.

㈜온쿡농업회사법인은 고창의 향토기업인 참바다영어조합법인의 자회사로 지난해 10월부터 복분자농공단지 내 공장을 신축 운영하고 있다. 이번에 추가분양받아 250억 원(부지 9,586.7㎡, 고용예정 50명)을 투자해 볶음밥, 핫도그, 갈비탕 등 가정간편식을 생산할 예정이다.

한편, 최근 농생명식품 수도 고창군과 국내 주요 식품 기업의 상생협력이 대한민국 농식품 산업의 새로운 부가가치 창출 모델로 주목 받고 있다.

고창군은 산, 들, 바다, 강, 갯벌이 모두 있어 신선한 원재료 조달이 쉽다. 또 수박, 복분자, 멜론, 고구마, 땅콩 등 타 시·군에선 쉽게 시도할 수 없는 특작작물이 재배되면서 '특별한 맛'을 선보이려는 식품기업들의 안정적인 테스트베드가 되어주고 있다. 여기에 군 단위로는 드물게 고속도로 IC가 3곳(선운산, 고창, 남고창)이나 있어 유통도 편리하다.

2020년 8월 12일

③ 고창사랑 창사랑

- 유기상 고창군수 핵심공약 '고창사랑상품권', 올해 '높을고창카드'로 편리성 확대
- 판매액, 환전액 모두 크게 늘어…"고창 돈이 고창에서 돌고도는 선순환 시스템 정착"

민선 7기 유기상 고창군수의 핵심공약이었던 '고창사랑상품권'과 '높을고창카드'가 코로나19 장기화로 위축된 지역 경제에 '단비'가 되고 있다.

군에 따르면 12월 현재 기준 상품권 발행액은 모두 502억 원으로, 전년(80억 원) 대비 6.3배가 늘었다. 상품권 판매액은 총 477억 원으로 전년(70억 원)보다 6.8배, 이 중 개인 판매액은 267억 원으로 전년(40억 원)보다 6.7배 늘어 큰 호응을 얻었다.

현금으로 환전된 금액 역시 438억 원으로 전년(58억 원)에 비해 7.6배나 늘어 지역경제 선순환 효과를 증명했다. 확대 발행된 고창사랑상품권이 지역 내에서 유통되며, 소상공인과 영세 상인들의 매출액 증가에 효자 역할을 톡톡히 하고 있다.

고창군은 이용자 편의성을 높이기 위해 마트·식당·주유소·커피숍 등 가맹점 수를 대폭적으로 늘리기 위해 적극적으로 홍보해 사실상 노점상 등 가맹점 등록이 어려운 일부를 제외한 고창군 전체 상점에 고창사랑상품권이 통용되고 있다.

높을고창카드 출시로 편리성 높였다

고창군은 지난 2월 말 지류형 고창사랑상품권의 단점을 보완한 카드형 고창사랑상품권인 '높을고창카드'를 출시했다. 사용자는 휴대전화에서 '고향사랑페이' 어플리케이션(앱)을 다운받아 설치하면 바로 충전과 사용내역 조회, 잔액관리, 소득공제, 보유한도 증액 신청도 가능해 사용 편리성을 크게 높였다.

또 '높을고창카드'는 개인 구매자에게는 10% 추가혜택과 연말정산 시 체크카드와 동일하게 30% 소득공제가 적용되며, 소상공인은 가맹점 신청과 환전의 번거로움이 크게 해소됐다.

역외소비 꽉 잡았다

요즘 고창 상인들 사이에서 고창사랑상품권이 환영받는 까닭은 밖으로 빠져나갔던 고창군민들 소비를 지역 상권으로 붙잡아 뒀기 때문이다.

그간 고창은 지역내 농업소득이 인근 광주나, 영광, 정읍, 부안 등으로 빠져나간다는 문제가 제기돼 왔고, 고창사랑상품권을 통해 역내소비구조를 정착시키면서 선순환 경제체제의 모델이 됐다.

특히, 고창읍성, 고인돌박물관 등 고창군 대표 관광지에 방문한 유료관광객 8만 3,000여명에게 1억 5,000만 원 정도를 고창사랑상품권으로 지급해 관광객들의 고창 내 소비를 촉진시켰다. 실제 주말이면 고창읍성, 고인돌박물관 주변 카페와 분식점 등에선 상품권을 사용해 간식을 구매하는 외지인들을 쉽게 볼 수 있다.

또 최근 코로나19 속에선 재난지원금, 농민수당 등 각종 지원금이 상품권과 높을고창 카드로 충전됐고 10%추가 충전 혜택까지 더해져서 골목 상권에 전방위적으로 매출 회복이 확인된다.

전통시장 상인회와 상품권 가맹점주들은 "상품권 판매증가와 재난지원금 지급 등이 소비를 촉진해 실제 전통시장 내 자영업자와 소상공인의 매출액이 늘고 있다"며 "소비자에게는 할인을 통한 혜택이 주어지고 지역 상권에는 활력이 되는 고창사랑상품권의 사용이 지속적으로 확대되길 바란다"고 말했다.

2020년 12월8일

④ 고창군 농특산품 통합브랜드 '높을고창', 대한민국 대표브랜드로 '우뚝'

- 높을고창, 출시 1년만 '2021대한민국 대표브랜드 대상'서 농특산물 공동브랜드 부문 수상
- "명품 농산물 생산을 위해 애쓰는 지역 농민들의 땀과 열정을 인정해 준 것"

전북 고창군의 농특산품 통합브랜드 '높을고창'이 대한민국 대표브랜드 대상을 수상했다. 특히 전국 지자체의 치열한 먹거리 경쟁 속 출시 1년 만에 거둔 값진 성과에 지역 농가들의 판로확대·소득증대에 따른 기대감이 커지고 있다.

20일 고창군에 따르면 이날 오후 신라호텔에서 열린 '2021대한민국 대표브랜드 대상 시상식'에서 고창군 농특산품 브랜드인 '높을고창'이 농특산물 공동브랜드 부문 대상으로 최종 선정됐다.

이번 시상식은 동아닷컴, 한경닷컴, iMBC 주최, 동아일보, 한국경제신문 후원했다. 지난 2월 1일부터 19일까지 브랜드 신뢰도, 인지도, 품질, 충성도 등에 대한 온라인 소비자 설문조사와 브랜드 선정위원회의 인증심사를 통해 선정됐다.

'높을고창'은 유네스코생물권보전지역의 청정한 자연환경에서 생산된 고품질, 고당도, 고신뢰 농산물 의미를 담고 있다. 브랜드 사용기준도 농촌진흥청 탑과채 기준 이상으로 설정해 엄격한 선별과 품질관리를 통해 상위 10%정도의 농산물만 유통시켜 농가의 고소득 향상을 목표로 하고 있다.

실제 지난해는 수박, 멜론, 친환경 쌀에 대해 높을고창 브랜드를 사용했고, 이마트, 신세계백화점, CJ the market 등을 통해 5억 원의 매출을 올렸다. 올해에도 딸기, 김, 고추, 고구마로 브랜드 사용이 확대돼 소비자와 만날 예정이다.

2021년 4월 20일

⑤ 유기상 고창군수
"서남해안 물류·관광거점 도약 기반 마련"

- [노을대교 국가사업 확정]
  "고창, 태안반도~목포 잇는 서남해 초광역 관광권역의 핵심으로 부상"
- '부창대교→노을대교', 경제성 높지 않던 차량통행 측면에
  관광과 물류기능을 더하면서 승부수

유기상 고창군수는 29일 "노을대교 국가사업 확정으로 고창군이 서남해안 물류·관광거점으로 성장할 수 있는 기반이 갖춰지게 됐다"고 밝혔다.

유기상 고창군수는 전날(28일) 국토교통부가 확정한 '제5차 국도·국지도 5개년 계획'에 '노을대교(고창-부안, 해상교량 건립)'가 포함된 것과 관련 "노을대교 건설 확정은 30년의 간절한 의지와 염원을 담아 응원해 주신 군민 여러분께서 이뤄낸 쾌거다"며 "30년간의 도전에도 변함없는 신뢰와 응원을 보내주신 군민들께 깊은 감사의 마음을 전한다"고 말했다.

이어 추진을 위해 함께해 준 "정세균 전 국무총리와 이낙연 전 민주당 대표, 정운천 국회의원·윤준병 국회의원을 비롯한 정치권과 송하진 전북도지사, 기재부, 국토부 관계 공무원께도 감사의 뜻을 표한다"며 "특히 위기의 상황 속에서도 권익현 부안군수님과 고창·부안 군의회 의장님, 군의원님, 두 지역의 군민·사회단

체들이 한마음으로 울력해 주신 덕분에 고비를 넘길 수 있었다"고 밝혔다.

유기상 군수는 3년 전 취임 당시 노을대교 성공을 약속했었다. 기존 부창대교로 부르던 것을 노을대교로 바꿔 새로운 전략을 짰다. 경제성이 높지 않던 차량통행 측면에 관광과 물류기능을 더했다.

특히 부족한 경제성을 확보하기 위해 저비용 공법으로 조정하는 등 공사비 최소화, 연계수요 확보 방안 등 대응을 통해 경제성 상향을 위해 전략적으로 대응해 왔다.

여기에 국토교통부·기획재정부 문턱을 닳도록 찾아가 설득한 끝에 2019년 상위계획인 '제5차 국토종합계획'에 "환황해권 교류거점으로 도약을 위한 글로벌 공공인프라 확충"으로 국도 77호선의 부안 고창 등 주요 국도 건설을 반영시키는 성과를 거뒀다.

특히 이번 국토부 국도·국지도 계획에는 노을대교(총사업비 3400억 원)와 더불어 '고창 상하-해리' 5.8㎞구간의 시설개량사업(총사업비 409억 원 상당)도 포함되는 쾌거를 거뒀다. 그러면서 "사업의 조기착공을 위해 국가예산 확보에 박차를 가하겠다"며 "주변환경과의 조화, 디자인, 비용절감, 조속추진 등을 위해 설계·시공일체의 일괄수주방식 변경(턴키) 추진을 전북도·정치권과 함께 지속적으로 건의하겠다"고 말했다.

2021년 9월 29일

⑥ 고창군 식품기업, 도지사 인증상품 최다(最多)선정 '함박웃음'

고창군의 최고 식품기업들이 도지사 인증상품에 최다 선정되며 '한반도 농생명식품 수도'를 빛내고 있다. 29일 고창군과 전북도 등에 따르면 최근 발표된 '2022년 전라북도지사 인증상품'에 지역기업 4곳의 우수 제품이 선정됐다. 이는 14개 시·군 중 가장 많은 기업이 선정된 것으로 지역 농생명 식품산업 기반을 탄탄하게 하고 있다.

주요 제품을 살펴보면

믿구마 반건조 꿀고구마(해풍영농조합법인) 3년여 간의 연구개발을 통해 개발. 고창군 지역 주생산품 중 고구마를 활용하여 고구마 가공에 대한 새로운 제조방법 제시.

쌀토끼 미미의 순수한 쌀과자 퀴노아 옹알이(질마재푸드영농조합법인) 슈퍼푸드 퀴노아의 이점을 살려 첨가물 없이 90%이상 쌀로만 만든 상품이다.

삼색 보리절편(농업회사법인 청맥(주)) 단백질, 비타민B, 비타민E, 식이섬유, 엽산이 풍부하고 두뇌활동과 집중력에 도움이 되는 비타민B6이 풍부한 청색보리로 만든 상품.

천만금 탈수천일염(해리농협 천일염 가공사업소) 생명체의 생존에 필수적인 천연 미네랄 성분이 타 제품에 비해 3배가량 높아 경쟁력을 갖췄다.

이번 도지사 인증상품 선정제품은 내년부터 3년간 인증이 부여되며, 전북우수상품관 입점, 온·오프라인 마케팅 지원 등 다양한 혜택을 받을 수 있게 됐다.

2021년 11월 29일

⑦ 고창군 해상풍력의 메카된다.
'고창 해상풍력 민·관·공 지역상생 협약' 체결

전북 고창군이 6일 오전 11시 상하면 강선달권역 미감쾌청 문화공간에서 전북 서남권 해상풍력의 순조로운 출범을 알리는 '고창 해상풍력 민·관·공 지역상생 협약'을 체결했다.

협약식에는 고창지역 어촌계와 어민대표를 비롯해 신원식 전북도 정무부지사, 이종연 고창군 농수축산경제국장, 최인규 고창군의회 의장, 김회천 한국남동발전 사장, 오희종 동촌풍력발전 대표, 김한광 전주MBC 사장, 기동호 코리아에셋투자증권 사장 등이 참석했다.

당초 고창 해상풍력 사업은 사업시행자인 동촌풍력발전과 어촌계·어민들간 갈등으로 사업이 미뤄져 왔다.

하지만 고창군과 전북도의 적극적인 중재를 통해 소통과 화합으로 주민이 참여하고 해상풍력과 수산업이 공존하는 사업을 추진하기로 뜻을 모아 이날 협약을 체결하게 됐다.

고창군은 이번 상생협약 체결을 통해 '서남권 해상풍력'에 이어 또 하나의 해상풍력을 추진하면서 국내 해상풍력 산업을 선도하고, 지역과 상생하는 해상풍력의 모범사례로 만들어 타 지역의 귀감이 되고 있다.

협약에 참석한 신원식 부지사와 최인규 의장은 어촌계와 어민 대표에게 감사의 인사를 전하고, 민·관·공이 한뜻으로 지역발전을 위해 상생하는 해상풍력으로 성공을 기원했다.

사업운영을 맡은 한국남동발전 김회천 사장은 "국내 최초의 해상풍력인 제주 탐라해상풍력을 추진한 경험으로, 고창 해상풍력을 지역 주민들과 상생하는 신재생에너지 발전소로 만들어 나갈 것이다"며 "향후 노을대교와 연계한 서남권 관광명소 일번지로서 고창군 지역발전과 함께 하겠다"고 포부를 밝혔다.

한편, '고창 해상풍력'은 고창군 상하면 해안가에서 2~3㎞ 이격된 해상에 약 70MW 설비규모로 2023년 2월 착공, 2024년 7월 준공해 운영할 계획이다.

이를 통해 고창군에 탄소 없는 청정에너지를 공급해 '2050 탄소중립 실현'에 기여하고, 선사시대 세계문화유산의 고장인 고창군을 차세대 청정에너지 산업의 메카로 만들어 가는 데 큰 역할을 할 것으로 기대를 모으고 있다.

2021년 12월 6일

06 참여하고 소통하는
울력행정

① 유기상 고창군수
"군민의 행복과 지역 발전에 모든 것 바치겠다"

● '농생명문화 살려 다시 치솟는 한반도 첫 수도 고창' 향한 첫 발걸음
  1일 오후 7시 유기상 민선7기 고창군수 취임식

유기상 민선7기 전북 고창군수가 1일 오후 7시 취임식을 갖고 본격적인 군정 업무에 돌입했다.

이날 취임식은 고창문화의전당에서 더불어민주당 이수혁 국회의원, 평화민주당 유성엽 국회의원, 성경찬·김만기 도의원, 군의원, 지역 기관사회단체장과 재외군민, 군민 등 1200여명이 참석한 가운데 열렸다.

행사는 유기상 군수의 걸어온 길 동영상과 취임선서, 취임사와 대통령 축하메시지 낭독, 각계각층의 군민들이 염원을 담은 축하영상과 축하공연 등으로 진행됐다.

취임식은 민선 7기 고창군에 바라는 점 등 의견을 자유롭게 제시하고, 함께 꿈꾸고 이뤄가는 고창의 꿈을 그리는 퍼포먼스 등 소통과 참여의 장으로 꾸며졌다.

유기상 군수는 "대한민국 고창시대라는 새 시대, 새 문명을 열어갈 수 있도록 기회를 주신 위대한 고창군민 여러분께 진심으로 감사드리며, 새로운 고창을 갈

망하는 시대정신에 따라 지구상에서 가장 찬란했던 '한반도 첫 수도 고창'의 이름을 빛내겠다"고 말했다. 그러면서 "변화와 희망, 통합의 새로운 시대 군민 모두가 주인이 되어 고창군의 발전을 함께 참여해 만들어가는 지방자치와 민주주의의 교과서를 만들어가겠다"고 강조했다.

또 "고창의 백년 먹거리로 농생명식품산업과 품격있는 역사문화관광의 두 개의 솥단지를 걸고 '한국인의 먹을거리창고, 고창'의 브랜드 가치를 키우겠다"고 말했다.

이어 "군민과 공직자 모두가 한 마음으로 고창의 역사문화를 자랑하는 자긍심 가진 고창인이 되어 고창의 경제 살리기, 나눔과 봉사로 자존감이 높은 고창을 함께 만들자"고 말했다.

유 군수는 민선 7기 고창군정방침을 '농생명문화 살려 다시 치솟는 한반도 첫 수도 고창'으로 정하고 △농업생명식품산업 살려 △품격 있는 역사문화관광 △자식농사 잘 짓는 사람키우기 △나눔과 봉사로 촘촘한 복지 △함께 살리고 잘사는 상생경제 △참여하고 소통하는 울력행정의 세부 방침을 제시했다.

한편, 유 군수는 이날 오전 첫 공식 일정으로 군 재난종합상황실에 들러 제7호 태풍 '쁘라삐룬'에 대한 현황 파악과 대책 보고를 받고 관계자들을 격려했다.

2018년 7월 1일

② 고창군 현안 회의에 시 낭송, 고정된 형식 '탈피'

책 읽는 고창, 평생학습도시 표방, 민선 7기 고창군

고창군이 월요일마다 간부공무원들이 참여해 진행하는 현안회의에 딱딱한 보고 대신 잔잔하고 정감 있는 시 낭송이 울려 퍼졌다.

책 읽는 고창, 평생학습도시 고창을 표방하고 있는 민선 7기 고창군은 간부공무원부터 변화와 희망, 통합의 새로운 시대정신을 실현하고, 효율적이며 정감 있는 토론 분위기 조성을 위해 회의에서 시 한 편을 낭송하는 것으로 회의를 시작했다는 것.

유기상 군수의 제안으로 시작된 간부회의 운영방식 개선은 지난 9일부터 부서 간 토론 활성화와 협업 강화를 위해 전 직원이 회의를 생중계로 시청할 수 있도록 시스템을 개선한 것을 시작으로 16일 회의에서는 라남근 해양수산과장의 시 낭송과 함께 서로를 칭찬하는 회의방식으로 진행 한다는 것이다.

시 낭송은 진지한 분위기 속에서 보고와 지시사항 전달 위주의 기존 회의 분위기를 벗어나 소통과 자유로운 토론 분위기를 조성해 더욱 활발한 의견 교환이 이뤄지고 있다는 것이다.

회의에서 유 군수는 "인문학적 소양과 시적 감수성은 열린 사고를 갖게 하고, 행정 추진에 있어서도 고정관념에서 벗어나 군민의 삶의 질 향상을 위한 신선한 아이디어로 이어지게 할 것으로 기대한다"며 "민선 7기 새로운 시대정신에 맞게 사고를 전환해 모든 사업을 추진함에 있어 고창사람 키우고, 고창 물건 사서 쓰는 풍토를 정착시켜야 할 것이며, 군민들이 만족하는 섬김 행정으로 다시 치솟는 한반도 첫 수도 고창을 만들어가자"고 말했다.

2018년 7월 16일

③ "무엇이든 물어보세요" 고창군, '찾아가는 이동군청'

4개 읍·면 순회 매월 둘째 주 화요일마다 운영

고창군이 군민과의 공감·소통으로 현장 속에서 답을 찾는 행정 구현을 위해 '찾아가는 이동군청'을 시작했다.

지난 10일 부안면 행정복지센터에서 처음 열린 '찾아가는 이동군청'은 유기상 군수가 주민과 직접 만나 불편사항을 청취·해결하며, 다양한 정책제안을 받아 군정발전을 도모하기 위해 새롭게 추진됐다.

첫 이동군청에는 많은 군민들이 참여해 고창군 발전을 위한 민원, 주민간 갈등민원, 기관간 협의가 필요한 사안 등의 해결을 위해 유기상 군수와의 만남의 시간을 가졌으며 주요 현장에 대한 방문도 함께 진행됐다. 이날 보건소와 고창군자원봉사종합센터는 부안면 난산마을과 지동마을에서 이동건강체험관(체지방분석, 고혈압/당뇨관리, 치매조기검진 등)과 이미용봉사에 나서 나눔과 봉사의 의미를 더했다.

'찾아가는 이동군청'은 11월에는 신림면, 12월에는 성내면을 거쳐 내년에는 흥덕, 심원, 대산, 성송, 해리, 상하, 공음, 무장, 아산, 고수, 고창읍 순으로 운영될 계획이다.

유기상 군수는 "고창군 발전을 위한 다양한 아이디어와 정책제안, 갈등 해결을 통한 군민 화합을 위해 시간이나 장소의 제약이 있어서는 안된다"며 "앞으로도 군민의 작은 소리에도 귀 기울여 군민을 위하고 군민이 원하는 군정의 추진에 최선을 다하겠다"고 말했다.

한편, 14개 읍·면을 순회하며 매월 둘째 주 화요일마다 운영되는 이동군청은 군수와의 민원 상담을 원하는 군민 누구나 해당 읍·면의 행정복지센터에 신청 접수를 하면 참여할 수 있다. 또한 군은 전문적인 민원 상담을 위해 군수와 함께 주요 민원부서 담당 공무원들이 참석하여 적극적인 민원 해결방안을 마련할 계획이다.

2018년 10월 11일

④ 고창군, 전국 지자체 일자리 대상 '우수상' 수상 쾌거

고창군로컬잡(JOB)센터 사업을 중심으로 한 '그린잡(JOB)센터 운영사업'

전북 고창군이 전국 243개 시·군중 일자리 사업을 가장 잘하고 있는 것으로 나타났다. 특히 민선 7기 대표 일자리 사업인 '로컬잡(JOB)센터'가 출범 2년만에 성공적인 역량을 뽐내며 다각적인 성과를 창출해 내고 있다.

5일 고창군에 따르면 최근 고용노동부 주관 '2020 전국 지방자치단체 일자리 대상'에서 '고창군 그린잡(JOB)센터 운영사업'이 우수상을 받게 됐다. 전북지역 유일한 일자리사업 관련 수상이다.

'고용노동부 일자리 대상'은 전국 모든 일자리 사업 담당자들의 꿈의 상일 정도로 경쟁이 치열하다. 평가는 지난해 추진된 지자체 일자리 사업실적, 사업실적과 고용창출 효과, 지역산업과의 연계, 지역사회 공헌도, 타지역 파급도 등을 꼼꼼히 따졌다.

고창군의 '그린잡(JOB)센터 운영사업'은 고창군로컬잡(JOB)센터를 중심으로 ▲농식품산업 맞춤형 일자리 창출 위한 거버넌스 구축 ▲일자리창출 지원시스템 구축 ▲고용 소외지역 해소 ▲농촌일자리창출 모델 정립 등을 주요 사업으로 추진했다.

이에 지난해 1,164명 구직, 735명 채용 실적을 달성했다. 이는 고용노동부가 워크넷을 도입해 고용실적으로 집계한 이후 가장 높은 최대 고용실적이다.

특히 고창군을 중심으로 14개 읍면별 이장단-주민자치위원-부녀회 등 실핏줄 행정망을 활용한 다양한 구인·구직 수요를 발굴해 연계하는 활동 등이 호평을 받았다.

2020년 10월 5일

⑤ 입주기업 체감만족도 전국 5위 "기업하기 좋은도시 고창"

'기업하기 좋은 도시' 전북 고창군이 대한상공회의소 '2020 기업환경 우수지역 평가'에서 전북 1위·전국 5위를 기록, 그 명성을 공고히 하고 있다.

최근 대한상공회의소는 전국 228개 지자체, 지역소재기업 6,000여개를 대상으로 '2020년 기업활동 우수지역 평가 결과'를 발표했다.

대한상의는 지자체 행정에 대한 기업의 주관적 만족도를 묻는 '기업 체감도'와 지자체 조례를 분석하는 '경제 활동 친화성'을 나눠서 평가한다. 5개 등급(S-A-B-C-D)으로 구분하며, S·A등급에 해당하는 지자체는 우수지역으로 본다.

고창군은 총점 76.9점을 받아 기업 체감만족도 평가에서 전북 1위(전국 5위)를 차지했다. 앞서 고창군은 올해 코로나19로 인해 국내외 경제침체가 장기적으로 이어지고 있는 상황에도 전략적인 투자유치 활동을 펼쳤다.

투자기업에게 다양한 인센티브를 제공하기 위해 관련 조례를 정비하는 등 적극적인 행정지원 등을 진행했다. 그 결과 올해 1개 기업과 입주계약, 4개 기업과 투자협약을 체결해 투자금액 2,480억 원, 고용인원 1362명을 창출해 지역경제 활성화에 도움을 줬다.이에 더해 최근 전북도의 투자유치 평가에서 2년 연속 우수기관에 선정되기도 했다.

2020년 12월 22일

⑥ 고창군, 민선 최대 국가예산 1,466억 원 확보
예산 7,000억 시대

고창군이 31일 2021년도 국가예산 최종집계 결과 지난 11일 어촌뉴딜사업이 확정되면서 1466억 원을 확보했다고 발표했다.

2021년 신축년에는 지방자치 출범이후 역대 최다액이자 이를 바탕으로 고창군 예산 7,000억 원 시대를 여는 뜻깊은 한해를 맞이했다. 고창군의 2021년 중점 사업을 살펴봤다.

'식초문화도시고창' 식초산업 활성화

코로나19로 건강식품에 대한 관심이 매우 높은 가운데 면역력 향상에 효능이 탁월한 발효식초가 주목받고 있다. 고창군은 내년 농촌진흥청 공모사업과 농림축산식품부 국가예산 등 50억 원을 확보해 '식초산업육성을 위한 플랫폼' 구축사업을 추진한다. 발효식품 공유플랫폼 구축, 면역력 제품개발 사업, 식초마을 구축확대 등 요식 및 관광 분양의 동반 성장을 꾀해 지역 신성장동력이 될 전망이다.

고창군 농산물종합유통센터 활성화

고창군은 농산물종합 유통센터 정상화를 목표로 경영권 이양, 조직정비, 마케팅 활성화를 지속적으로 추진하고 있다. 시설노후화로 많은 어려움을 겪고 있었지만 내년 산지유통시설 지원사업(40억 원)를 통해 노후화된 시설의 현대화로 유통경쟁력을 강화하고, 상품화 역량과 효율성 증대를 통해 소비시장 변화에 적극적인 대응해 농가 소득증대에 크게 기여할 것으로 예측했다.

노을이 아름다운 생물권 체험학습벨트 조성사업

태양광 개발로 사라질 위기에 처한 심원 염전을 매입해 생물권보전지역의 핵심구역이자 염전의 근대 문화적 가치를 보전할 수 있고 연내 세계자연유산 등재 여부를 앞둔 '노을이 아름다운 생물권 체험학습벨트' 구축을 본격화 한다.

자연을 거스르지 않으면서 지역 주민들의 다양한 의견과 염원을 담은 사업의 밑그림을 그리며, 지역의 생태문화 관광 자원의 랜드마크 조성을 위한 백년대계를 완성해 나갈 방침이다.

동학농민혁명정신의 계승과 역사적 의미 재조명

고창군은 동학농민혁명의 정통성 확보와 역사적 의미 재조명을 위한 '동학농민혁명 성지화 사업'을 본격적으로 시행한다.

기본계획을 수립한 뒤 무장기포지에 기념관과 역사광장, 주차장 등을 만들고, 주변에 동학교육관과 동학 체험장 등도 마련해 지역주민의 역사·문화적 정체성 확립과 청소년들의 역사교육의 장으로 활용할 계획이다.

전통시장 일원 도시재생사업 및 동리정사 재현사업

고창읍 전통시장 일원의 정주환경 개선과 지역경제 활성화를 위한 도시재생 사업(122억 원)이 본격화된다. 이에 더해 고창읍성 앞 동리정사재현사업(고창읍 성 체험시설, 62억 5,000만 원)을 통해 판소리 성지의 명성을 이어나가며 판소 리를 누구나 쉽게 배우고 체험할 기회의 장을 마련할 예정이다.

노을대교의 예비타당성 조사 통과 위해 혼신 노력

노을대교는 고창-부안간 이동시간을 50분 정도 단축시켜 물류비용을 획기적 으로 줄인다. 또 동호·구시포해수욕장, 선운사, 고인돌 유적지와 변산반도, 새만 금을 연결하는 서해안 관광벨트를 완성하는 핵심 키가 되면서 지역경제 활성화 와 국토균형발전에 큰 역할을 할 수 있다.

2020년 12월 31일

4

새로운 고민
새로운 구상

01 지역 소멸 위기 극복을 위한 고민

'지역 소멸 위기 극복' 우리 고창군이 가장 잘할 수 있는 것부터 경쟁력을 갖추는 것이다.

고창은 한때 인구가 20만 명에 이르는 도시였지만, 2017년 말 60,472명, 2019년 55,504명, 2020년 54,529명으로 사망자수가 출생아수를 넘어서는 인구 자연감소가 지속되고 있고 65세 이상 고령인구 비율도 2004년 전체 인구 대비 21.4%로 처음 20%를 넘어 2017년에는 30%를 넘었으며 2020년에는 34.4%로 고령인구 비율이 높아지는 것도 지역 소멸위기를 가속화되고 있다.

인구가 5만 명 아래로 떨어지면 도시 위상 추락은 물론, 행정 권한이 크게 축소된다. 인구 1명이 감소할 때마다 지방교부세도 70만 4,000원 줄어들어 재정에도 타격이 상당하다.

저출산과 고령화 등으로 인구 감소가 멈추지 않는 것은 그야말로 절체절명의 상황이라고 말할 수 있다. 한국 고용정보원의 지방 소멸 위험도를 분석한 보고서를 토대로 만든 지방 소멸 위험지수에서도 2021년 2월 기준 전국 226개 기초자치단체 중 소멸 위험 기초자치단체는 106개 지역이다.

소멸 위험지수는 '한 지역의 20~39세 여성 인구수를 해당 지역의 65세 이상 고령 인구수로 나눈 값'으로, 보고서는 소멸 위험지수가 0.5 미만이면 소멸 위험 지역이라고 정의하고 있다.

이대로 가다가는 고창의 미래도 암담한 실정이다. 그렇지만 손 놓고 볼 수만 없는 것 아닌가?

민선 7기 "농생명 문화 살려 다시 치솟는 한반도 첫 수도, 고창"이라는 슬로건은 지역 소멸 위기 극복이라는 강력한 의미가 담아있다. 고창군이 가장 잘할 수 있는 타 지역보다 경쟁력이 있는 농생명 식품산업과 문화관광산업을 근간으로 백 년, 천 년 고창군의 미래 먹거리를 만들고자 하는 철학이 내포되어 있다.

민선 7기의 고창군정은 위 두 가지 산업기반의 회생을 최우선으로 군정목표로 삼았다. 일찍이 맹자는 항산항심(恒産恒心)이라고 했다. 먹고사는 최소한의 조건이 충족되지 않는다면 그 외의 분야야 말해 무엇을 할 것인가? 민선 7기 군수와 공직자, 군민 모두가 동일한 위기의식을 같이하고 반드시 살려냈다는 신념

으로 지난 4년여를 보내왔다.

선사시대부터 고창군은 세계적으로 가장 밀집도가 높은 고인돌 군락이 있었고 이것만 보더라도 우리 군이 얼마나 풍요롭고 살기 좋은 땅이었음을 보여주는 증거가 아닐 수 없다. 한반도 최전성 시기를 구가했었던 우리 지역의 선조들의 업적을 교훈 삼아 지역 소멸위기 지역이라는 추세와 예측들을 보란 듯이 거슬러서 부흥과 존재감을 드러내는 지역으로 성장 발전할 수 있도록 힘을 합쳐 울력하는 시기이다.

우리 군의 문화자산은 가히 세계에도 내놓아도 손색이 없을 정도이다. 타의 추종을 불허할 정도인 고인돌군은 말할 것도 없다. 아산면 일원의 만동 유적과 봉덕리의 고분군은 마한과 백제시대의 전통성을 대표하고 있으며 중국과의 대외교류도 확인할 수 있는 중요한 유물이다.

삼한시대의 유적으로 추정되는 토성은 고수면 예지리, 대산면 석남리 등에 다양하게 존재하였고 백제가요 5개 중 선운산가와 방등산가 2개가 우리 지역의 것이기도 하다. 또한, 우리 지역은 수천 년간 이어져온 전통예술의 맥이 끊어지지 않고 보존해온 지역이다.

1890년대 박귀바위를 중심으로 영광, 무장(고창), 장성이 중심이 된 영. 무. 장 농악이 싹터 오늘날까지 그 뿌리를 이어오고 있고 1894년 동학의 최봉장에서

　　　　　　　　　　　　　　　　　　4장 | 새로운 고민 새로운 구상

서서 홍낙관이 이끌었던 재인 광대 부대들이 동학농민혁명의 불씨를 타오르게 했지 않았는가?

19세기 인간의 희로애락을 음악적으로 표현한 공연예술인 판소리 여섯 마당을 집대성했던 판소리 교육 및 예술활동을 지원한 동리 신재효 선생이 우리 지역의 사람이라는 것이 자랑스러울 뿐이다.

한반도 첫 수도였던 고창답게 우리 군만이 잘할 수 있는 방법으로 지방자치의 표준을 제시하고 민주주의 교과서가 될 수 있도록 군민 모두가 지혜와 마음을 모아야 할 때이다.

문화는 당장 효과를 거두기는 어렵다. 농사를 짓는 것처럼 파종을 위해 땅을 갈아야 하고 그위에 씨를 뿌려야 하며 곡식들이 잘 자라게 보살피기도 하여야 한다. 이러한 과정을 통해서 문화는 꽃을 피우게 된다. 문화가 꽃피울 수 있도록 민선 7기에는 경작을 위해 밭을 갈고 씨를 뿌리는 시기였다. 문화관광 전문가로 수십 년간 재직하면서 이런 일들을 해보았고 목격한 당사자로서 고창은 반드시 문화의 꽃을 피우게 될 것이다.

유럽과 일본, 세계 선진국의 여러 곳곳에서도 지역 소멸을 극복하기 위해서 지역에서 가장 경쟁력이 있는 것들을 세우는 작업부터 시작을 하였다.

스페인의 힘은 문화예술의 힘이라고 해도 과언이 아닐 것이다. 그들은 위기

에 처할 때마다 문화예술을 활용해 국가적 고민들을 해결하곤 했다. 그 대표적인 사례가 스페인 빌바오 구겐하임 미술관이다. 원래 빌바오(Bilbao) 시는 700년 역사를 지닌 스페인 대표 산업도시였다. 하지만 1970년대 산업과 물류의 변화에 적절히 대응하지 못하면서 쇠락의 길로 접어들었다. 1986년에는 실업률이 26%까지 치솟았다. 심지어 산업도시로서의 기능을 수행하다 보니 인근 자연환경이 크게 훼손되어 대기오염, 수질오염 문제마저 심각한 상황이었다. 이 과정에서 점차 몰락해 가던 빌바오 도시를 살리기 위해 스페인 국민들이 선택한 방식은 다름 아닌 문화예술이었다.

4장 | 새로운 고민 새로운 구상

1800년대 중반 문을 연 마드리드의 산 미구엘(San Miguel) 시장이 대형마트 등의 대두로 소멸 위기에 처한다. 유구한 역사를 자랑하는 전통시장이 소멸 위기라고 해서 이를 허물고 새로운 현대식 건물을 짓는 것은 스페인 사람들의 문제 해결 방식이 아니다. 그들은 산 미구엘 시장의 기둥, 철재 골조를 그대로 살린다. 그 위에 사면을 외벽 통유리로 마감해 안쪽이 투명하게 보이도록 했다. 뿐만 아니라 전통시장의 가장 큰 단점이 천장이 없어 비를 맞으며 쇼핑을 해야 한다는 사실을 극복하기 위해 천막을 설치했다. 그리고 천막을 현대적인 감각의 회화로 표현해 마드리드를 대표하는 명소로 탈바꿈시켰다. 현재 산 미구엘 시장은 연간 400만 명 이상이 방문할 정도로 인기다.

02 고창만의 힙스러움에 대한 구상

뉴욕에서 살며 미국 문화를 연구해 온 저자 사쿠마 유미코는『힙한 생활 혁명』이라는 책을 통해서 앞으로 라이프스타일은 누군가로부터 주어지는 문화에서 스스로 선택하고 직접 만드는 문화로 변해가고 있다고 확신한다고 했다.

우리가 힙스러움을 생각할 때 젊은이들의 개성 넘치는 것들을 생각할 수 있다. 덥수룩하게 수염을 기르거나 긴 장발 머리의 사람들, 붉은 뿔테 안경을 쓰고 다니거나 짧은 반바지에 위에는 정장을 입는 개성 넘치는 사람들을 떠올리수 있는데 사전적 의미에서 힙(hip)의 뜻은 계속해서 변화하는 것, 최근의 생각, 스타일, 발전 등의 의미가 내포되어 있다. 즉, 힙하다는 말은 단순히 "유행에 민감한" 정도가 아니라 전문성이 가미되어야 한다는 것을 말한다.

새로운 문화조류는 곧 힙스러운 문화의 탄생과도 큰 연관이 있다. 국내에서도

4장 | 새로운 고민 새로운 구상

수제 맥주의 인기가 높지만 미국에서도 한국의 수제 맥주와 비슷한 크래프트 맥주의 인기가 매우 높다. 미국에서 크래프트 맥주는 생산 규모보다는 맥주를 만드는 철학, 마케팅 방법 등에서 일반 대기업 맥주와 구분된다. 이것은 미국 소규모 맥주 업체의 살아남기 위한 위기의 극복에서 기인한 것에서 평가받고 있다. 이렇듯 힙스러움은 위기를 계기로 끊임없는 라이프스타일의 개혁이 있었고 그것에 호응하는 소비가 맞아떨어지면서 변화를 주도하는 역할을 하였다.

우리 지역의 문화도 이러한 힙스러움의 변화가 필요하다. 우리 지역의 역사 문화자원은 우수한 평가를 받고 있고 매년 600만 명의 관광객이 찾아오고 있지만 여전히 고창의 관광은 소비를 주도하기보다는 지나가는 코스로 생각하는 경향이 크다. 이는 최근 관광 트렌드에서 중요하게 다뤄지는 젊은 관광객을 위한 고려가 부족하고 가족단위 관광객들의 소비 패턴에 맞추지 못한 결과이기도 하다.

민선 7기 들어와서 고창에는 수많은 젊은 문화예술인들이 귀촌하고 있고 그리고 여전히 많은 사람들이 빈집 등을 찾기 위해 문을 두드리고 있다. 이들에게 자유롭게 머무르고 창작활동을 돕기 위한 정책들을 구상하고 있고 고창 문화관광재단을 통해서 소통을 확대해 나가고 있다.

청년예술인들의 실험적 예술활동을 활용하여 고창의 역사문화자원을 젊은 감각으로 이미지 하여 기존 행정중심의 브랜드 개발방식이 아닌 젊은 관광객을 대상으로 젊은 예술인, 디자이너 시선에서 파격적인 실험을 통하여 힙한 고창의 이미지를 창출해 나갈 것이다. 이러한 힙스러운 고창의 이미지를 문화관광뿐만 아니라 특산품을 예술로 놀기 등 지역의 농산물과 특산품에도 청년 창의사업의 결합을 추진해 나갈 생각이다.

　힙스러운 고창을 통해서 대한민국에서 귀촌을 희망하는 많은 문화예술인들의 귀촌 1번지로 발돋움하고 이를 통해서 고창의 새로운 활력과 함께 잠재된 지역 소멸의 위기도 극복해 나가는 정책을 펼쳐나갈 계획이다.

4장 | 새로운 고민 새로운 구상

03 청년예술인 마을 조성 사례에 대한 구상

사례 태국 올드타운의 반캉왓 : 청년예술인의 공동체 마을

2014년 태국의 30대 예술인들이 모여 조성된 예술인 공동체 마을로 '부족함이 없는 삶'이라는 모토 아래 조성되었으며 이러한 목표에 따라 어떤 장소들보다 초록색이 어울리는 비밀스러운 공간으로 꾸며짐.

가치를 공유하는 청년예술인의 공동체

● 반캉왓이 주목을 받는 것은 관에서 의도적으로 형성된 마을이 아니라 삶의 가치를 공유하는 청년예술인이 힘을 모아 만든 공동체라는 것임.

● 생태와 예술의 결합을 꾀하면서 "부족함이 없는 삶"을 지향하는 이들의 생활방식은 반캉왓 풍경에서 고스란히 드러나는데 화려하지 않으면서 생태적으로 꾸며져 있는 마을 자체가 오히려 젊은 여행객에게 "힙한 장소"로서 받아들여짐.

● 철저하게 청년예술인 스스로 공간을 조성하고 운영하며 예술프로그램을 진행하면서 자신들의 예술적 활동을 판매하여 지속가능한 운영체계를 갖추고 있는 방식은 향후 청년 예술인 마을 조성에 많은 시사점을 더해주고 있음.

젊은 여성의 눈높이에 맞춘 공간 조성

● 반캉왓을 봤을 때 누구나 느끼는 점은 젊은 여성들이 좋아할, 사진 찍기 좋은 장소라는 것임. 이는 청년예술인의 감각이기도 하지만 젊은 여행객을 주 고객으로 설정한 의도적 인 공간 및 경관조성이라고 보여짐.

● 국내에서는 연남동 공방거리나 제주도의 이중섭 거리처럼 모든 것이 핸드메이드 제품 으로 구성되어 있고 아이스크림 가게 및 빵 가게를 겸하고 있고 커피와 차, 책, 그림까지 사진찍기 좋고 가볍게 구매할수 있는 창의적 제품들이 주를 이루고 있음.

● 반캉왓은 다른 지역의 웅장하고 모던한 것과 차별되게 작고 소박하면서 빈티지하게 공 간을 조성한 것이 특징이라고 할 것임.

청년예술인 마을 조성계획으로 세계적인 명소화 계획을 포함하고 있음

● 반캉왓 사례는 단순히 예술을 강조하는 것이 아니라 생태와 어울리는 공동체의 삶을 추구한다는 점에서 농생명문화를 키워드로 하는 우리군의 청년예술인 공동체 마을 구상에 많은 시사점을 보여주고 있음.

● 반캉왓에는 일요일 오전에 모닝 마켓이 열리는데 손재주가 좋은 지역 청년예술인 누구나 참여하여 핸드메이드 공예품을 판매함. 이러한 마켓은 예술인 공동체마을의 활성화를 위해 적용할 좋은 사례임.

● **청년예술마켓 개최** : 월1회 또는 주1회 초기에는 청년예술인 중심으로 개최하다가 장기적으로 생활문화예술인 참여(전주 한옥마을 등 교류 등을 통해 청년예술인 마을 적극 홍보)

04 종교적 삶과 역사의 생활화 사례를 통한 구상

사례 **태국 도이수텝 : 성지순례이자 기원의 장소**

● 치앙마이를 보지 않은 사람이 태국을 봤다고 할수 없으며 도이수텝을 보지않고 치앙마이를 봤다고 할수 없다는 이야기가 있을 정도로 태국 치앙마이를 방문하는 외지인이 반드시 방문하는 대표적 불교 성지임.

● 도이수텝은 불교 성지라는 상징성보다 일상에서 여전히 불교적 생활을 영위하는 주민들의 삶을 볼수 있다는 점에서 외지인의 관심을 끔. 대표적인 모습이 탁발 체험으로 매일 5시부터 7시까지 진행됨.

● 도이수텝 중턱에 자리잡고 있는 왓 프라탓 도이수텝 사원에는 황금의 사리탑이 있어 태국인에게 황금의 사원, 기원의 장소로 불림. 탑 주변에는 소원은 비는 장치가 마련되어 있어 사람들이 저마다의 소원을 적거나 초를 태우거나 종을 달거나 함. 즉, 왓 프라탓 도이수텝 사원은 단순히 절이 아니라 소원이 모이는 장소임.

● 외지에서 방문한 지인에게 가장 먼저 소개한 장소가 도이수텝이며 대부분의 사람들은 이곳을 방문하길 희망한다고 함.

사례 미국 세도나 :
전세계적으로 기가 가장 충만한 땅 "명상의 도시, 예술가의 도시"

● 미국 아리조나 주에 위치한 세도나는 'USA 투데이' 선정 미국의 10대 관광지 중에서 항상 상위권을 유지하는 지역으로 지구상에서 가장 오래된 바위가 존재하며 성스러운 형상을 하고 있는 수많은 붉은 바위가 빚은 절경을 보기 위해 한해 500만명 이상의 사람들이 방문하고 있음.

● 해발 4,500피트에 위치해 뛰어난 자연경관, 1년 내내 온화한 날씨, 깨끗한 햇빛, 신선한 공기를 즐길 수 있어 하이킹이나 골프 그리고 지프를 타고 울퉁불퉁한 비포장 도로를 달려보는 지프투어는 색다른 즐길거리임.

● 뿐만 아니라 전자기 에너지인 볼텍스가 나온다고 하여 미국은 물론 전 세계에서 가장 기가 충만한 곳으로 알려져 있기 때문에 대자연에서 정신수양을 하려는 목적으로 모여드는 곳임.

우리군 시사점

치유문화도시를 추진중으로 지역의 종교·역사문화 자원과 연계

● 도이수텝과 세도나 사례는 우리군의 선운사나 최여겸 순교지, 동학 무장기포지 등에 대해 종교와 무관하게 우리나라 문화와 관련하여 기념할 수 있는 공간 및 스토리를 발굴하여 투어코스로 개발을 검토해 볼 수 있음.

※ 소원성취의 땅, 천제의 땅, 축복의 땅과 관련된 브랜드 전략과 이와 관련 특정장소에 스토리를 개발하여 종교적 믿음과 별도로 심리적 안정과 미래에 대한 희망을 가질수 있는 소원과 기원의 장소를 개발.

● 미국의 세도나 사례와 같이, 고창군 전지역은 붉은 황토로 구성되어 있고 고창의 황토성분에는 재생효과가 있는 게르마늄 성분이 포함되어 있어 이를 활용하거나 병바위 주변의 명당과 연계한 스토리개발 등을 통해 현재 추진중인 치유문화도시와 결합하여 치유의 땅, 한국의 세도나로 고창을 브랜드화 할 필요가 있음.

한반도 첫 수도
고창

'해와 달이 머무는 땅, 고창'

해와 달이 머무는 땅, 고창
김용택 시인

어떤 글을 쓰다가 우연히 쓰게 된 '해와 달이 머무는 땅'이라는 짧은 이 문장이 어울리는 고을을 나는 찾고 있었다. 이 문장은 과거와 현재와 미래가 함께 살아 숨쉬는 고을이어야 했다. 그러다가 어느 날 고창담양고속도로를 타게 되었다. 어느 산굽이를 돌 때 눈이 환해지는 땅이 눈에 들어왔다. 아늑했으며 햇살이 넉넉하고 고왔다. 담양에서 고창을 가는 고속도로는 그 때가 내게 초행길이었다. '아, 여기가 거기다'는 말이 절로 나왔다. 고창이었다.

햇볕과 달빛이 머물면 비와 바람을 불러 모으고 생태의 순환을 도와 바다나지 않는 기름진 생명의 땅을 유지한다.

땅과 바다와 산이 좋아 해도 달도 그냥 지나지 못하는 땅이 바로 고창이라는 생각이 들었다. 15년을 간직하고 있던 내 문장이 나를 떠나 '고창' 유기상 군수께 가게되었다. '좋다. 잘 되었다'는 안심이 되었다.

평소 용택이성이라 부르는 섬진강 시인께서 땅에 붙일 최고의 수식어 시어인 '해와 달이 머무는 땅'이라는 15년을 간직한 선물을 제게 주시면서 당신의 소회를 밝힌 글입니다.

한반도 첫 수도 고창 홍보에 많이 활용하시기 바랍니다.

유기상과 함께
한번 더
높을고창

초판 1쇄   2022년 2월 26일

지은이   유기상

발행인   유철상
편집   정은영, 정유진, 박다정
디자인   주인지, 조연경, 노세희
교정   유은하
마케팅   조종삼, 윤소담
콘텐츠   강한나
펴낸곳   상상출판
주소   서울특별시 성동구 뚝섬로17가길 48, 성수에이원센터 1205호(성수동2가)
구입·내용 문의 전화 02-963-9891 팩스 02-963-9892 이메일 sangsang9892@gmail.com
등록   2009년 9월 22일(제305-2010-02호)
찍은 곳   다라니
종이   ㈜월드페이퍼

ISBN   979-11-6782-063-1(03810)